39 İPUCU

ARTEMİSÇOCUK

ARTEMİSÇOCUK

YAYIN NO: 2024

39 İPUCU - DERİNLERDE
Jude Watson
Orijinal Adı: *39 Clues - In Too Deep*

İngilizceden Çeviren: Beril Tüccarbaşıoğlu Uğur
Editör: Alev Zeynep Şimşek
Grafik: Merve Ece Aras, Merve Güven

1. Basım: Haziran 2019
ISBN: 978 - 605 - 304 - 471 - 0
Sertifika No: 43949

ARTEMİS YAYINLARI
Ticarethane Sokak No: 15 Cağaloğlu / İstanbul
Tel: (212) 513 34 20-21 Faks: (212) 512 33 76
e-posta: editor@artemisyayinlari.com – www.artemisyayinlari.com

Baskı ve Cilt: Melisa Matbaacılık
Çiftehavuzlar Yolu Acar Sitesi No: 4 Bayrampaşa / İstanbul
Tel: (212) 674 97 23 Faks: (212) 674 97 29 Sertifika No: 12088

Artemis Yayınları, Alfa Yayın Grubu'nun tescilli markasıdır.

ALTINCI KİTAP

DERİNLERDE

39 İPUCU

JUDE WATSON

BİRİNCİ BÖLÜM

Amy gözlerini açmadan suyun şırıltısını dinledi. Kendini tropik bir yerde, bir şelalenin yanında hayal edebiliyordu. Ne yazık ki, sadece havaalanındaki bir tuvalette saklanıyordu.

Kabinde bacaklarını toplayıp sırt çantasını dizlerine koydu. Sifonlar çekiliyor, musluklar akıyor ve telaşla çekilen bavulların tekerlekleri gıcırdıyordu. Sidney Havaalanı kalabalık bir yerdi.

Kalabalık Amy'nin işine geliyordu, çünkü kolayca saklanabiliyordu. Güvenlik kameralarına yakalanmak istemediğinizde, en doğrusu, tuvalete girmekti. Tabii on beş dakika boyunca bir kabine tıkılıp kalmayı göze alabilirseniz.

Daha birkaç hafta önce, Amy'nin sıradan bir hayatı vardı. Tek sırrı, erkek kardeşi Dan'den özenle sakladığı günlüğüydü. Ama şimdi öyle miydi? Bütün bu kaçma kovalamacalar gerçekti. On dört yaşındaki bir kız için fazla gerçek.

Amy tuvalete çıkıp kabinin üstünden baktı. Birkaç dakika önce, içeri bir grup genç kız girmişti. Ellerini yıkayıp aynaya bakarken Fransızca konuşuyorlardı. Rehberleri, *"Allons-y!"* diye bağırdı. Kızlar neşeyle sohbet ederek kapıya yöneldi.

Amy'ye mükemmel bir fırsat doğmuştu. Kabinden çıktı. Gruptan şirin bir kıza gülümsedi ve aralarına karıştı. Tuvaletin kapısı kalabalıktı. Fransız grup, dört küçük çocuklu Avustralyalı bir kadına yol verdi. Bu sırada Amy, çaktırmadan grubun ortasına doğru ilerledi.

Kızları karşıdaki kapıyla arasına alarak tuvaletten çıktı. Fransızlar bavullarını almaya giderken, Amy bir kafeye daldı. Bir yandan da, etrafı gözlüyordu.

Her şey normal görünüyordu. Tek sorun normalin her zaman işine gelmemesiydi. Amy'nin yeni normalinde herkes bir tehdit olabilirdi çünkü.

Son moda spor pabuçlar giyen Japon aileye baktı. Sonra gözleri genç bir çifte kaydı. Bir örnek tişörtler giymişlerdi. İlerideki bir masada orta yaşlı bir kadın çikolatalı kek yiyordu. Genç bir anne bir bebek arabası itiyordu. Bir adam cep telefonundan birini aramak için durdu.

Bu insanlardan herhangi biri Amy'yle erkek kardeşi Dan'in peşinde olabilirdi. İçlerinden biri bir *Cahill* olabilirdi. Amy soyadının bir gün tüylerini diken diken edeceğini hayal bile edemezdi.

Büyükannelerinin vasiyeti okunduğundan beri, çocuklar kıtadan kıtaya koşuyordu. Akrabaları da peşlerini bir an olsun bırakmıyordu. Büyükannesi, Grace Cahill, Cahill ailesinin bütün kollarına bir yarışmaya katılma hakkı sunmuştu. Önlerinde iki seçenek vardı. Ya 39 İpucu avına katılıp dünyanın en güçlü insanı olacaklardı. Ya da, bir milyon doları kabul edip yarışmadan çekileceklerdi. Amy'yle Dan yarışmayı seçmişti. Aslında birer milyon dolar büyük paraydı. Ama büyükannelerinin yarışmalarını istediğini biliyorlardı.

Amy ve Dan kendilerini nasıl bir belaya bulaştırdıklarını anlamakta gecikmemişti.

Amy bazen şimdiye kadar başlarına gelen en korkunç olayın ne olduğunu düşünüyordu. Avın başından beri diri diri gömülmüşler, bir trenin altında ezilmekten kıl payı kurtulmuşlar, hatta bir mumyanın mezarında kilitli kalmışlardı. Neyse ki, bütün bunlardan kurtulmuşlardı. Ama gezegendeki herkesten şüphelenmek hiç de hoş bir his değildi. İki kardeş etraflarındaki herkesin bir ispiyoncu olabileceğini en acı şekilde öğrenmişti.

Amy hayatının geri kalanını böyle mi geçirecekti? Hep arkasını mı kollayacaktı? Bazen bu endişelerini kardeşi Dan'le paylaşıyordu. Dan karakter olarak ondan daha kaygısızdı. Amy adımlarını sıklaştırdı.

Otobüs durağında buluşmayı kararlaştırmışlardı. Moskova'dan bindikleri uçak iner inmez, Amy, Dan ve bakıcıları Nellie Gomez birbirlerinden ayrılmıştı. Nellie Rusya macerasında onlarla değildi. Ama sonradan yanlarına gelmişti. Üçü doğruca bir taksiye binip peşlerindekilerin ekmeğine yağ sürmek istememişti.

Sidney'ye içlerinden gelen sese kulak vererek gelmişlerdi. Rusya'dayken, anne ve babalarının sahte Avustralya pasaportlarıyla seyahat ettiğini öğrenmişlerdi. Amy kalabalık terminalde yürürken, Lucian Nataliya'nın onlara yolladığı fotoğrafı düşündü. O ve Dan fotoğrafı sırayla yanlarında taşıyordu. Arada sırada, ona bakıp anne ve babalarıyla özlem gideriyorlardı. Yıllar önce evlerinde bir yangın çıkmıştı. Anne ve babaları ölmüştü. Evdeki bütün aile fotoğrafları da yanmıştı. Dan elindeki tek fotoğrafı da Paris'te kaybetmişti.

Amy o fotoğrafı gördüğünden beri, eski hayatlarına dair ufak tefek ayrıntıları hatırlıyordu. Perşembeleri akşam yemeğinde kahvaltı ettiklerini. Annesinin bir yere yemeğe giderken çantasına boyama kalemlerini koymayı asla unutmayışını. Böylece çocuklar restorandaki kâğıt Amerikan servislere resim çizebiliyordu. Bir gün, alüminyum folyodan kolye ve taçlar yapıp markete onları takarak gitmişlerdi. Amy az kalsın annesinin ne kadar komik bir kadın olduğunu unutuyordu.

Anne ve babası sekiz yılı aşkın bir süre önce bu havaalanına gelmişti. Bu koridorlarda yürümüştü. *Burada ne yapıyordunuz, anne? Keşke bunu bilebilseydim.*

Belki de yanlış bir iz üzerindeydiler. Bu gezi onları bir ipucuna götürmeyebilirdi. Ama o pasaportları gördüklerinde sıradaki duraklarına karar vermişlerdi. Aralarında tartışmalarına bile gerek kalmamıştı.

Avustralya'daki tek tanıdıkları, babalarının kuzeni, Shepard Trent'ti. Babalarıyla birlikte büyüdüğü için ona *amca* derlerdi. Shepard amcanın Sidney'de yaşadığını biliyorlardı. Anne ve babaları buraya geldiğinde onu mutlaka ziyaret etmişti. Onun için, ilk durakları Shep amcanın evi olacaktı.

Tek sorun, onunla hâlâ bağlantı kuramamalarıydı. Telefonu kapalıydı. Nellie internetten bir adres bulmuştu. Ama geçerli miydi, emin değillerdi.

Amy buluşma noktasına yöneldi. Taksiye binmektense toplu taşımayı kullanmaya karar vermişlerdi. Dikkat çekmeden turistlerin arasına karışacaklardı.

"Hey, ahbap! Mangala bir kanguru pirzolası at!"

Bu kötü Avustralya aksanı Amy'nin kulaklarını tırmaladı. Sonra Dan'i gördü. Başında bir Safari şapkası vardı. Üzerine de o tarz bir ceket giymişti. Amy kardeşinin boynuna doladığı plastik yılana baktı.

"Hani dikkat çekmeyecektik?" diye tısladı. Dan'in şapkasını alıp çantasının arka cebine tıkıştırdı.

"Havaalanı mağazasında başka ne yapacaktım? Bir şeyler almam gerekti. Avustralya'da dünyanın her yerinden daha çok ölümcül hayvan olduğunu biliyor muydun? Şu yılanın adı, taipan. O kadar zehirli ki, bir kerede iki bine yakın koyun öldürebilirmiş. İki yüz de olabilir. Emin değilim. Sonuçta, böyle bir yılan tarafından sokulursan acilen hastaneye gitmen gerek. Yoksa nalları dikersin." Dan yılanın boynuna sarılıp gözlerini pörtletti ve boğulma sesleri çıkarmaya başladı.

"Tam zamanında gelmişsiniz. Bu bir mucize olmalı." Nellie yanlarına yaklaştı. Dan'in pörtlek gözlerini, kırmızı suratını ve çıkardığı tuhaf sesleri görmezden geldi. "Buraya şimdiden bayıldım. Şu *lamington* denen kek nefis." Parmaklarındaki çikolata sosunu yaladı. "Donuta on basar."

Moskova'daki son gecelerinde, Nellie tırnak makasıyla saçlarını kesmişti. Kafasından fışkıran siyah ve platin rengi tutamlar tıpkı ünlem işaretlerine benziyordu. Parmaklarını saçlarının arasında gezdirerek iyice dikilmelerini sağladı.

Dan bir ayağını titreterek yere düştü. "Şu kartpostallara bak. Dayanamayıp birkaç tane aldım." Nellie onları Amy'ye göstermek için Dan'in üzerinden geçti. "Avustralya bir harika. Kumsala gidecek vaktimiz olur mu acaba?"

Dan birden doğruldu. "Mavi halkalı ahtapot. Şipşak ölüm!"

"Bizi Sidney'in merkezine götürecek otobüsü buldum," dedi Nellie bir haritayı açarak. "Oradan başka bir otobüse binip sizin kuzene gideriz. Bakın, rotayı işaretledim."

"Harika," dedi Amy.

"Eğer dikkatli olmazsan, bir ornitorenk bile seni öldürebilirmiş," diye ekledi Dan. "Burası gerçekten müthiş."

Parlak Avustralya güneşine çıktılar. Otobüs kuyruğuna girdiler. Rusya'nın gri bulutlarından sonra masmavi gökyüzü ve tatlı esinti keyiflerini yerine getirmişti.

Nellie kedi çantasını suratına yaklaştırıp Saladin'le konuştu. "Nasılsın, pisicik?" diye sordu Avustralya aksanıyla. "Merak etme, birazdan sana taze balık alırız."

Saladin, *"Mırrr,"* diye yanıt verdi. O sırada, bir otobüs önlerinde durdu. Kedinin miyavlaması önlerindeki kadının ilgisini çekmişti. "O nedir, hayatım? Nadir bulunan bir Avustralya kuşu filan mı?" Çantasında kâğıt mendil ararken, kedi çantasına yan yan baktı.

"Sadece bir kedi," dedi Amy özür dilercesine. "Biraz karnı acıktı da."

"Ah. Ben kedilere bayılırım." Kuyruk ilerleyince kırmızı tekerlekli bavulunu çekti.

Amy, Dan'e fısıldadı, "Umarım Shep amca hâlâ eski adresindedir. Yoksa onu nasıl buluruz bilmem."

"Sörf dükkânlarında takılırsak, eninde sonunda karşılaşırız."

Shep sörfçüydü. Onunla küçüklüklerinde tanışmışlardı. Amy onu hayal meyal hatırlıyordu. Dan ise hiç. Yedi yıl önce, Shep amca, anne ve babalarının cenazesine gelmemişti. Ama Dan onun Boston'a yolladığı kartları anımsıyordu. Daima Bali ya da Oahu gibi tropik bir yerlerdeydi ve arkasında hep dev dalgalar vardı.

Üçü otobüse binip çantalarını koltuklarının altına sıkıştırdı. Kırmızı bavullu, orta yaşlı kadın haritasını açtı. O sırada, otobüs hareket etti.

Harita Amy'nin kafasına çarptı. "Ah, affedersin, hayatım. Tam da Mavi Dağlar'a bakıyordum. Onları kafana düşürmek istemezdim."

"Önemli değil."

"Siz Amerikalısınız! Anlamıştım. Vaktiyle Kansas'a gitmiştim. Barbeküleriniz nefis. Ama siz Kansas'lı değilsiniz herhalde?" Kadın kendi kendine söylenerek haritasına geri döndü. Arada sırada, haritayla Amy'nin kafasına çarpıyordu. Ama Amy aldırmadı.

Otobüs şehir merkezine girdiğinde, trafikle birlikte ilerlediler. Sidney'in Moskova'yla uzaktan yakından ilgisi yoktu. İnsanlar sokaklarda ya spor yapıyor ya da arkadaşlarıyla geziyordu. Cıvıl cıvıl yazlık giysiler insanın içini açıyordu. Sidney'de herkes son derece atletik ve mutlu görünüyordu.

"Buranın lakabını biliyor musunuz?" diye sordu Dan. "Oz."

Nellie yine ona aldırmadı. Gözü haritadaydı. Amy de sokaklardaki tabelalara bakıyordu.

"Shep Darlinghurst'e yakın oturmuyor muydu?" diye sordu.

"Dardingost da ne?" dedi Dan.

"Darlinghurst Sidney'de bir bölge, şapşal."

"Ukala," dedi Dan.

Bir durakta durduklarında, arkalarındaki kadın bavulunu çekiştirerek otobüsten indi. Haritasıyla onlara el salladı. "Hoşça kalın. İyi tatiller!"

"Size de," dedi Amy. Ve otobüsün kapıları tıslayarak kapandı.

Nellie yine haritasına baktı. "Circular Quay'e yakınız. Birkaç durak sonra otobüs değiştireceğiz."

Amy haritanın üzerine eğildiğinde bir tuhaflık hissetti. Boynu hafiflemişti sanki.

"Grace'in kolyesi!" Amy telaşla boynunu yokladı. "Yok, gitmiş!"

Nellie yana kayıp koltuğa baktı. "Yere filan düşmüş olmasın?"

Amy'nin boğazına bir yumru oturdu. Gözleri doldu. O kolye Grace'indi. Amy ona her dokunuşunda, büyükannesinin varlığını hissediyordu. Ama şimdi aralarındaki bağ kopmuştu.

Otobüs bir köşeyi dönerken Amy koltuğundan kalkıp yere çömeldi. "Yok! Burada değil!"

"Nerede kaybettin acaba?" diye sordu Nellie. "Hatırlamaya çalış."

"Durakta otobüs beklerken, onu tişörtümün içine soktum."

"Şimdi anladım," dedi Nellie. "Kolyen çalındı, Amy. O yaşlı kadının marifeti!"

"Ama... Hiç de öyle birine benzemiyordu. Haritası kafama her çarptığında özür diliyordu... Ah..."

Nellie başını salladı. "Dikkatini dağıtmak için numara yaptı."

Dan kalkıp kapının yanındaki DUR butonuna bastı. "Yürüyün. Fazla uzaklaşmadan yakalayalım."

İKİNCİ BÖLÜM

Dan'in çantası her adımında sırtına çarpıyordu. Uçakta milyonlarca saat geçirdikten sonra koşmak iyi gelmişti. Seyahat etmenin tek kötü tarafı, uzun saatler boyunca hareketsiz kalmaktı.

Tabii bir de, uçaklarda vişneli dondurma servis edilmiyordu.

Nellie bir elinde Saladin'in kabını, diğerinde, ortak kullandıkları çantayı taşımasına rağmen onu kolayca solladı. Nellie ömrünü uyuyarak ve yemek yiyerek geçiriyor gibi görünse de, şaşılacak kadar formdaydı. Bakıcılarının bir komando kadar çevik olması işlerine geliyordu tabii.

Yaşlı kadının indiği durağa geldiklerinde çılgınca etrafa bakındılar. Ama kadın görünürde yoktu. İnsanlar şakalaşarak ve sohbet ederek yanlarından geçiyordu. Yeşil, süet, topuklu pabuçlar giyen, uzun boylu ve şık bir kadın gördüler. İlgisini çeken bir binaya bakmak için yaklaştı. Ama kimsenin elinde harita filan yoktu.

Dan bir çalılığın arasında bir kırmızılık gördü. Hemen o tarafa koştu.

Yaşlı kadının kırmızı bavulunu çalıların arasından çekip çıkardı. Şaşılacak kadar hafifti. Kapağını açtı. İçi boştu.

Amy'nin yanakları elma şekeri gibi kızardı. Dan bunun ne anlama geldiğini biliyordu. Amy ağlamamaya çalışıyordu.

"Grace'in kolyesini çaldırdığıma inanamıyorum." Taş bir binanın önündeki basamaklara çöktü.

"Üzülme, onu geri alacağız," dedi Dan. Ama bundan hiç emin değildi doğrusu. Ablasının neler hissettiğini biliyordu.

O da Paris'teki metro tünelinde annesiyle babasının fotoğrafını kaybetmişti. Ve bir bebek gibi ağlamıştı. Hem de herkesin içinde.

Dan, Amy'nin basamaklarına oturduğu binaya baktı. Tabelasında *müze* yazıyordu. Başka bir zaman olsa, Dan ablasını hemen oradan uzaklaştırmaya çalışırdı. Ama şimdi belki de bir müze onu avutabilirdi. Amy ağlamamak için gözlerini kırpıştırıp duruyordu.

"A-a, bak," dedi Dan. "Bir müze. Girmek ister misin?"

"Dan? İyi misin?" dedi Nellie. "Bir müzeye daha adım atmaktansa gözlerimi örümceklerin kemirmesini tercih ederim demiyor muydun?"

Dan başıyla ablasını işaret etti. Nellie onu anlayarak takdirle kafasını salladı.

"Saçmalamışım," dedi Dan. "Örümcekler insanların gözlerini kemirmez ki." Bir an düşündü. "Ama belki Avustralyalı örümcekler kemiriyordur. Hem bakın. Burası Polis ve Adalet Müzesi'ymiş. Belki bizim kolye hırsızı burada saklanıyordur."

Nellie basamaklara oturdu. "Ben burada bekliyorum. Hem Saladin'i içeri alacaklarını sanmam." *Avustralya Sokak Dili Sözlüğü*'nü açtı. "Uf, güneş feci yakıyor." Güneş gözlüğünü taktı ve Avustralya aksanını taklit etti. "Gecikmeyin ha. Bütün gün burada ağaç olamam."

"Doğru düzgün konuşsana," dedi Dan.

"Oki doki."

"Hadi, Amy. Belki içeride silahlar da vardır." Dan basamakları ikişer üçer zıplayarak çıktı. Amy somurtarak onu izledi. En azından dışarıda bekleyeceğim diye tutturmamıştı.

Giriş ücretini ödedikten sonra, Dan bir duvarın önünde durdu. Burada 1890'ların azılı suçlularının fotoğrafları sergileniyordu. Hepsi de kahvaltıda adam yiyen cinstendi.

"Amy, dinle bak. Şu adam ortadan kaybolmuş. Sonra bir gün bir akvaryumdaki köpekbalığı kolunu kusmuş!" Amy onu duymazdan gelerek mahkeme salonuna doğru yürüdü.

Dan, Kaptan Ayışığı'nın ölüm maskesine bakmak için eğildi. Hayatında ilk kez bir müze hoşuna gitmişti.

Amy kardeşini anlayamıyordu. Sanki hayatlarında yeterince felaket yokmuş gibi, onları böyle bir müzeye getirmişti.

Yeşil süet pabuçlu kadını yine gördü. O da vesikalık fotoğraflara bakıyordu. Gözlerini belirli bir noktaya dikmişti. Büyülenmiş gibi bir hali vardı.

Sonra kadın arkasını döndü ve çantasını açtı. İşte o zaman, Amy tuhaf bir hisle sarsıldı. Bu kadında ona tanıdık gelen bir taraf vardı. Ama Avustralya'da kimseyi tanımıyordu ki.

Amy sezgilerine güvenmeyi çoktan öğrenmişti. Kadın koridorun aşağısına doğru yürüdüğünde, Amy de peşine takıldı. Ama sonra kadın bir köşeyi döndü ve birdenbire kayboldu.

O sırada Amy'nin dikkatini eski bir hapishane hücresi çekti. İçeri girdi. Can sıkıcı erkek kardeşleri kapamak için daha ideal bir yer düşünemiyordu.

Birden bir şangırtı koptu. Amy hızla arkasını döndü. Hücrenin demir parmaklıklı kapısı kapanmıştı. Deminki kadın parmaklıkların arkasından ona gülümsüyordu. İri, ela gözleri ve iki kanat gibi yüzünü çevreleyen, koyu kestane rengi saçlarıyla gerçekten çok güzeldi. Cildi o kadar pürüzsüzdü ki, tıpkı bir taş bebeğe benziyordu.

"Korkma," dedi. "Seninle görüşmemin tek yolu buydu." İngiliz aksanıyla konuşuyordu. Sesi ağzında bir kaşık yoğurt varmış gibi kalın, ama ahenkliydi. Amy'ye bir sır verircesine yaklaştı. "Biz Cahill'ler birbirimizden kaçmakta usta olduk. Öyle değil mi?" Göz kırptı.

Amy içinden kendine kızdı. Tabii ya. Kadın bir Cahill'di. Bir çıkış yolu bulmak için etrafına bakındı.

"Bakıyorum, hâlâ endişelisin." Kadın hâlâ gülümsüyordu. "Kendi cesaretine asla güvenmedin. Bu, Grace'in lafıydı."

Amy çenesini havaya dikti. "Ke-kendi büyükannemi bana mı anlatıyorsun? Kimsin sen?"

Kadın başını yana eğip gözlerini Amy'nin yüzünde dolaştırdı. "Şu asil bakışların yok mu? Şimdi Grace'e ne kadar benzediğini görebiliyorum. Ben, Isabel Kabra'yım."

"Ian'la Natalie'nin annesi mi?"

Kadın başını salladı. "39 İpucu avına bulaşmamak için elimden geleni yaptım. Çocuklarımı da bu yarıştan uzak tutmak istedim. Ama..." Zarifçe omzunu silkti. "Ian'la Natalie babalarının sözünden çıkmıyor. Dediğim gibi, önce onlara karışmadım. Ama son zamanlarda, işler çığırından çıkmaya başladı. Çocuklarımın bana ihtiyacı var. Ben de onların peşinden buraya geldim."

"Ian'la Natalie Sidney'de mi?" Bu hiç iyi bir haber değildi.

"Şu anda Observatory Otel'deler. Eğer tahminlerimde yanılmıyorsam, Natalie odadaki şampuanları ve kremleri gözden geçiriyordur. Ian da herhalde seni düşünüyordur."

Amy elinde olmadan heyecanlandı. Oysa buna hiç ihtimal vermiyordu. Gözlerini devirdi. "Lütfen."

"Ian'ın centilmenliğe yakışacak şekilde davranmadığını biliyorum. Ama kendi duygularından korktuğu için böyle yapıyor. Bana seni ne kadar beğendiğini itiraf etti."

"Sizi uyarayım. Ben göründüğüm kadar saf değilim."

Isabel Kabra'nın gözleri parladı. "Ian gösterişe bayılır. Ama bu yalnızca dışarıya yansıttığı yüzü. Aslında her insan gibi onun da kendine göre güvensizlikleri var. Çocuklarımın biraz farklı olduğunu kabul ediyorum." Manikürlü elini salladı. "Onları bütün bu Cahill saçmalığından uzak tutmak için ne kadar uğraştım bilemezsin. Londra'da harika bir hayatımız var. Arabalarımız, pahalı kıyafetlerimiz, hatta özel jetimiz bile var. Daha ne istiyorlar anlamıyorum ki."

"Dünyanın en güçlü insanları olmak."

"Bunun ne anlama geldiğini düşündün mü hiç?" diye sordu Isabel.

Evet. Amy bunu düşünmüştü. Ama bütün bunlar

ona bir film ya da bilgisayar oyunu gibi geliyordu.

"Bu gücün kaynağı ne olacak?" diye sordu Isabel usulca. "Onu nasıl elinizde tutacaksınız?" Hafifçe kıkırdadı. "Düşünsene. Dünyaya on dört ve on bir yaşlarında iki çocuk hükmediyor! Ne saçma!"

"Vay canına," dedi Amy. "İnsanları çaktırmadan aşağılamakta ustasın." Sesinin bu kadar sakin ve alaycı çıkabilmesine hayret ediyordu doğrusu.

"Niyetim seni aşağılamak değildi," dedi Isabel. "Sadece gerçekçi olmaya çalışıyorum. İpucu avını siz kazansanız bile, bütün tehlikeler geçecek mi sanıyorsun?" Başını iki yana salladı. "Asıl tehlike o zaman başlayacak. Geçmişe bakarsanız, bunu kolayca anlarsınız. Benim çocuklarım iki vasat öğrenci. Ama sen usta bir araştırmacısın. Tarihteki birçok imparatorun nasıl çöktüğünü biliyorsun."

Beni nasıl bu kadar iyi tanıyor, diye düşündü Amy. *Ben onun hakkında hiçbir şey bilmiyorum.*

"Annenle babanı severdim," dedi Isabel. "Öyle güzel ve umut vaat eden insanlardı ki. Cıvıl cıvıl, hayat dolu... Yangını duyduğumda yıkıldım. Bugün hâlâ yaşasalar, belki olaylar başka türlü gelişirdi. Cahill'ler birbirlerine karşı biraz daha medeni davranabilirdi. Ama geriye bir tek umudumuz kaldı: Lucian'lar."

Amy alayla homurdandı. "Bir Lucian olduğun için böyle demen doğal tabii."

"Ama gerçek bu. Lucian'lar böyle bir gücü ellerinde tutacak donanıma sahip. Bütün Cahill'lerin en iyi özellikleri bizde toplanmış. Lider ruhluyuz. Dünyanın dört bir köşesine yayılan müthiş bir bilgi ağımız var. Ama sen ve kardeşin yapayalnızsınız. Kimseniz yok. Grace de ölünce sizi koruyacak kimse kalmadı. Ben sadece o küçük kızın güvende büyümesini istiyorum. Yıllar önce, geceliğiyle kucağıma oturan o kızın. Eğer gerçeği bilseydin..." Bir an duraksadı.

"Neymiş gerçek? Söyle."

Koridorda ayak sesleri yankılandı. Isabel başını çevirip gürültünün geldiği yöne doğru baktı.

"Güven bana," diye fısıldadı ve telaşla uzaklaştı.

ÜÇÜNCÜ BÖLÜM

Amy demir parmaklıklı kapıya vurdu. "Kimse yok mu? İmdat!"

Dan birdenbire karşısında bitti. "Vah, zavallı, ablacığım. Ne suç işledin bilmiyorum. Ama ben hep senin yanındayım."

"Zevzekliği bırak da, bir görevli çağır. Çıkarın beni buradan."

Dan hafifçe itince kapı açıldı.

Amy hayretle gözlerini kırpıştırdı. Nedense Isabel'in kapıyı kilitlediğini sanmıştı.

Bacakları titriyordu. İtiraf etmek istemese de, bu görüşme onu sarsmıştı.

"Gel, hadi," dedi Dan, "süper bir bıçak koleksiyonu buldum. Birinin üzerinde eski kan lekeleri var."

"Dan, Isabel Kabra buradaydı."

"Isabel Kabra mı? Desene Kobralar giderek çoğalıyor. Bu kimin nesiymiş?"

"Ian'la Natalie'nin annesi."

"Yok canım. O çocukların bir annesi mi varmış?"

"Gerçekten hoş bir kadın. Bana da gayet nazik davrandı. Ian adına özür diledi."

"Olan oldu. Çocuklarını iyi yetiştirememiş."

"Yarışı Lucian'ların kazanması gerektiğini söyledi."

"Hiç şaşırmadım."

"Ona güvenmemi de söyledi. Sanki bana bir sır verecekti. Ama sonra vazgeçti."

Dan suratını buruşturdu. "Dur, tahmin edeyim. Evinize dönün, çocuklar. Bu oyun sizin için tehlikeli falan filan. Yarışmanın başından beri bunları bin kere duyduk. Bence bütün kollar aynı. Al birini vur ötekine."

Amy, Isabel'in Ian'la ilgili sözlerini kendine saklamaya karar verdi. Tek kelimesine bile inanmıyordu tabii. Ama Dan'in alaylarını da dinlemek istemiyordu.

"Sözde ben çocukken tanışmışız. Ama ben hiç hatırlamıyorum."

Dan'in aklı başka yerdeydi. "Artık gitsek mi? Nellie'yi kızdırmayalım."

Kapıya doğru yürürken, Amy vesikalık resimlerin önünde durdu. "Buraya neden geldi acaba? Sadece bir rastlantı olamaz. Burada durup bu resimlere baktı. Tam şurada." Amy zınk diye durdu. "Dan, bak! Fotoğraflardan biri eksik!"

Fotoğrafların üzerindeki şeffaf plastik koruma kesilmiş ve bir fotoğraf çalınmıştı.

"Kim olduğunu asla öğrenemeyeceğiz," diye sızlandı Amy.

Dan gözlerini kapadı. Amy kardeşinin fotoğrafları gözünün önüne getirmeye çalıştığını biliyordu. Dan'in sıra dışı bir hafızası vardı. Bütün detayları hatırlayabilirdi.

"Gel," dedi Dan. Amy onun peşinden hediyelik eşya mağazasına girdi. Duvarda aynı fotoğrafların basıldığı, çerçeveli bir poster vardı. Dan parmağını suratlardan birine bastırdı. Yağlı saçlı, boş bakışlı, gençten bir adamdı. Yüzünün bir tarafında alnından çenesine kadar inen beyaz yara izleri vardı. "İşte buydu!"

"Bob Troppo," dedi kasadaki görevli.

"Avustralyalılar birbirlerini böyle mi selamlıyor

acaba?" diye fısıldadı Dan. Genç adama el salladı. "Bob Troppo!"

Adam tezgâhın arkasından çıktı. "Baktığınız adamı diyorum. Ona Bob Troppo derlerdi. Kimse gerçek adını bilmezdi, çünkü hiç konuşmazdı. Yabaninin tekiydi. 1890'larda, burada, Sidney'de yaşamış."

"Suçu neydi?" diye sordu Dan. "Birini timsahlara mı yedirmiş? Demiryolu raylarına mı bağlamış?"

"Mark Twain'i öldürmeye çalıştı."

Amy'yle Dan birbirlerine baktı. Mark Twain bir Cahill'di. Zeki ve sanatsal yönleri kuvvetli Janus'lardandı.

Bermuda şortlu, iri yarı mağaza görevlisi tezgâha yaslandı. "Twain 1896'da bir edebiyat turnesine çıktı. Troppo konuşma yaptığı salonun önündeki sokakta onunla tartışırken görülmüş. Bir bastonla onun omzuna vurmuş."

"Bu bana bir cinayet teşebbüsü gibi gelmedi," dedi Amy.

"Bastonda bir bıçak gizliymiş. Bu onu mahkûm ettirmeye yetti. Troppo kendini savunmak için tek kelime etmedi. Her neyse. Sonra ustaca bir yöntemle hapisten kaçtı zaten." Çocuklara bir sır verircesine öne eğildi. "Hapiste geceleri yerleri siliyormuş. Her akşam yerdeki tahtaların balmumunu kazımış ve hücresinde biriktirmiş. Sonra onlardan bir anahtar yapmış. Zekice değil mi?"

Dan'le Amy bir kez daha birbirlerine baktı. Birbirlerini o kadar iyi tanıyorlardı ki, konuşmadan da anlaşabiliyorlardı. *Ekaterina?* Ekat kolu dâhiler ve mucitlerle doluydu.

"Sonra ne olmuş?" diye sordu Amy.

"Kimse bilmiyor. Kırsalda izini kaybettirdiğini söylüyorlardı. Bir kelepçe almak ister misiniz? Ya da bir kitap?"

"Kelepçe mi?" dedi Dan ilgiyle.

Amy onu kolundan tutup çekiştirdi. "Hayır, teşekkürler. Artık gitmemiz gerek."

Dükkândan çıkıp kapıya yöneldiler.

"Şu Bob Troppo tuhaf biriymiş," dedi Amy.

Dan başını salladı. "Eminim, o da Cahill'lerdendi."

"Sence Isabel'in onunla ne ilgisi var? Kabra'lar Sidney'e bunun için mi geldi? Ya da..."

"... bizim için mi?" diye tamamladı Dan.

Amy, Dan ve Nellie metal bir kapının önünde duruyordu. Yanında bir isim levhası yoktu. Sadece pis bir zil vardı o kadar. Bina oluklu çelik ve tuğladan yapılmıştı. Tahta kepenkli, uzun pencereleriyle bir depoyu andırıyordu.

"Belki burası değildir," dedi Amy. Birden paniklemişti.

"Ama adres burası." Nellie zile bastı.

Beklemeye başladılar. Amy ağırlığını bir ayağından diğerine geçirdi. Doğru düzgün tanımadıkları bir akrabalarını görmek için dünyanın bir ucundan diğer ucuna gelmişlerdi. Üstelik Shep amca birlikte büyüdüğü öz kuzeni olan babalarını bile nadiren arayıp sorardı.

"Boşa kürek çekiyoruz," dedi Dan.

"Gidelim," dedi Amy.

Tam o sırada, içeriden biri seslendi. "Kim o?"

Kapı açıldı. Orta yaşlı, sarışın bir adam onlara merakla baktı. Saçlarından, sarı tişörtüne ve bronz, kaslı kollarındaki altın rengi kıllara dek, her şeyi güneşten açılmış gibi duruyordu. Uzun bir sörfçü şortu giymişti. Ayakları çıplaktı.

"İyi günler," dedi. Amerikan aksanını hâlâ kaybetmemişti. "Size nasıl yardımcı olabilirim?"

"Shep amca?" dedi Dan. "Biziz. Dan ve Amy. Bu da, bakıcımız, Nellie Gomez."

Shep kaşlarını kaldırdı.

"Dan ve Amy *Cahill*," diye ekledi Amy. "Yeğenlerin." Ne tuhaf bir durumdu. Shep amca onları tanımamıştı bile.

Shep bir an hayretle duraksadı. Sonra suratına bir gülümseme yayıldı. Açık mavi gözleri neredeyse birer çizgi halini aldı. Kenarları kırıştı.

Amy midesine bir yumruk yemiş gibi bir adım geriledi. Annesiyle babasını hayal meyal hatırlıyordu. Ama bu gülümseyiş ona babasını anımsatmıştı. Babası onu kucağına almadan önce tıpkı böyle gülerdi. Gözleri doldu. Çabucak başını eğip adresi kontrol eder gibi yaptı.

"İnanmıyorum. Dan ve Amy. Demek bu kadar büyüdünüz?"

"Yolumuz buralara düştü," dedi Dan. "Biz de sana uğrayalım dedik."

Shep birden üzerlerine atılınca şaşaladılar. Shep önce Dan'e sıkıca sarıldı. Sonra Amy'ye.

"Kapıda dikilmesenize. Hadi, içeri gelin."

Ev tek ve geniş bir odadan oluşuyordu. Kanepeler ve kitaplıklarla salon, yemek odası ve hobi alanları olarak bölmelere ayrılmıştı. Karşı duvar boydan boya kitaplıktı. Başka bir duvar camdı ve verandaya açılan bir kapısı vardı. Her yerde müzik sistemleri, gitarlar, klavyeler, sörf tahtaları ve bilgisayarlar göze çarpıyordu. Köşede bir tilt ve langırt masası ve üç tane atlıkarınca atı duruyordu. Parlak renklere boyalı tahta sandıklardan kıyafetler, kitaplar, spor aletleri, DVD'ler ve bilgisayar parçaları fışkırıyordu.

"Vay canına," dedi Dan. "Hayallerimdeki ev."

"Otursanıza." Shep bir kanepenin üzerindeki sörf dergilerini, tişörtleri ve parmak arası terlikleri kenara itti. "Sizi Sidney'e hangi rüzgâr attı? En son teyzenizle yaşadığınızı duymuştum."

"Hâlâ onunlayız," dedi Amy. "Ama şimdi tatildeyiz. Yani öyle sayılır."

"Anladım. Kocaman olmuşsunuz. Kapıda sizi ondan tanıyamadım."

"Görüşmeyeli sekiz yıl oldu."

Shep başını salladı. Bakışları donuklaştı. "Biliyorum."

Dan, Amy ve Nellie kanepeye oturdu.

Shep sörf tahtasından bozma bir sehpayı çekip karşılarına oturdu. "Bakın. Öncelikle size bir özür borçluyum. Sizi hiç aramadım. Ne yazık ki, pek vefalı bir adam sayılmam."

"Olsun," dedi Amy. Ama içinden böyle düşünmüyordu. Shep babalarının en yakın akrabası ve can arkadaşıydı. Onu hiç tanımamaları tuhaf değil miydi? Noel Baba şapkalı kanguruların olduğu birkaç kart dışında ondan neredeyse hiç haber almamışlardı.

"Öyle deme," dedi Shep. Başını eğip kucağında kenetlediği ellerine baktı. "Arthur'la Hope'un başına gelenleri duyunca neye uğradığımı şaşırdım. Cenazeye gelemedim, çünkü haberi geç aldım. Sonra sizi aradım. Ama telefonu cadaloz bir kadın açtı. Bana yeterince derdiniz olduğunu söyledi. Bir de benimle uğraşamazmışsınız. Herhalde teyzenizdi."

"Kesin odur," dedi Dan.

"Bize aradığını hiç söylemedi," dedi Amy.

"Nerede kalıyorsunuz? İzin verin, sizi misafir edeyim. Bir sürü odam var. Yatağım yok, ama olsun." Gülümsedi. Amy aynı anda hem ağlamak hem de gülmek istiyordu. Shep babasına o kadar çok benziyordu ki.

"Seni aradık, ama ulaşamadık," dedi.

"Sadece cep telefonum var."

Amy öne eğildi. "Sana annemizle babamızın buraya yaptığı son yolculuğu soracaktık. Onlarla görüşmüş müydün?"

"Elbette. Ne zaman gelmişlerdi? Beş yıl oldu mu?"

"Sekiz yıl önce."

"Tabii ya. Zaman su gibi akıp geçiyor. Artie'yi son görüşümdü."

Artie mi? Kimse babalarına Artie demezdi.

Saladin yüksek sesle miyavladı. Shep eğilip Saladin'in taşıma kabının kapağını açtı. "Merhaba, aslancık. Karnın mı acıktı?"

"Dikkat edin," dedi Nellie. "Çantada uzun kalınca asabileşiyor. Yabancıları da pek sevmez."

Ama Shep, Saladin'i kucakladığı gibi, omzuna aldı. Saladin önce şaşkınlıkla gözlerini kırpıştırdı. Sonra keyifle mırlamaya başladı. "Sen ne güzel bir kedisin böyle," dedi Shep. Açık mutfağa gitti. Küçük bir tasa biraz su koydu. Sonra buzdolabına baktı. "Barramundi yer misin?"

"Barakuda mı?" diye sordu Dan.

"Hayır, barramundi," diye atıldı Nellie. "Lezzetli bir balık."

"Saladin sadece kırlangıç balığı yer," dedi Amy.

"O zaman barramundiyi de sever." Shep gülümsedi. "Dünyanın en nefis balığıdır." Başka bir tasa biraz balık koydu ve yere bıraktı. Saladin balığı koklayıp neşeyle miyavladı.

Saladin iştahla balığa yumulunca hep birlikte güldüler.

"Babanızla birlikte büyük," dedi Shep yanlarına döndüğünde. "Annelerimiz kuzen ve aynı zamanda yakın arkadaştı. Onlar da, Artie'yle benim gibi, birlikte büyümüş. Ama ben on iki yaşındayken annemle babam ayrıldı. Sonra kendimi annemle Oahu'da buldum. Art'la bir süre mektuplaştık. Ama ikimiz de on iki yaşındaydık. Aklımız beş karış havadaydı. Sonra mektuplar kesildi. Ama onunla her görüştüğümüzde eski samimiyetimizi yakalamayı başardık."

"Annemizle babamızın burada nerelere gittiğini biliyor musun?" diye sordu Dan.

"Tabii, çünkü onları ben gezdirdim."

"Araban var mı?" diye sordu Dan hevesle.

"Daha da iyisi," dedi Shep gülerek. "Küçük bir uçağım var. Bir Cessna Caravan. Onları..." O sırada cep telefonu çaldı. Shep telefonu şortunun cebinden çıkarıp kulağına dayadı. Birkaç dakika dinledikten sonra "Anlaşıldı," dedi.

Ayağa fırladı. "Yürüyün, gidiyoruz. Acele edin!"

DÖRDÜNCÜ BÖLÜM

Amy, Dan ve Nellie kaçmaya alışmıştı. Dan apar topar ayakkabılarını giydi. Amy kanepenin üzerinden atladı. Nellie kapıya koştu. Amy ve Dan'in geçmesini bekledikten sonra, peşlerine takıldı.

Shep evin önündeki cipi çalıştırdı. "Çabuk!"

Dan'le Amy arka koltuktaki sörf tahtasının yanına sığıştı. Nellie ön koltuğa geçti. Shep gaza bastı.

Engebeli bir yolda sarsıla sarsıla ilerlediler. "Neler oluyor?" diye sordu Nellie. "Nereye gidiyoruz?"

"Tabii ki, Bondi'ye!" diye bağırdı Shep. "Bugün dalgalar süpermiş."

"Ne?" Nellie ona şaşkınlıkla baktı. "Ben de eve bir saatli bomba yerleştirdiklerini filan sandım."

Dan arka koltukta rahat bir nefes aldı. Amy derin bir iç geçirdi.

"Mükemmel bir dalgayı asla kaçırmamalısın," dedi Shep. "Bu arada, çevikliğinizi de takdir ettim doğrusu."

"Eskiden okulda yangın tatbikatı yapardık," dedi Dan. "Oradan alışkınız."

"Merak etmeyin. Canınız hiç sıkılmaz. Plajda bir sürü dükkân var. Sizi bizimkilerle de tanıştırırım."

"Sörften hiç anlamam," dedi Nellie. "Ben New England kızıyım. Kocaman bir tahtaya atlayıp dalga yemek bana göre değil. Onun yerine yüzerim."

Shep alayla homurdandı. "Bence bayılacaksın. Ama mavi denizanalarına dikkat!"

"Onlar da öldürücü mü?" diye sordu Dan hevesle.

"Hayır, ama insanın canını fena yakarlar."

"Vay canına!"

Shep küçük bir sörf dükkânının önüne park etti. Nellie'yle çocuklara uygun sörf kıyafetleri aldı. Sonra üçü uzun şortları ve üzerlerine yapışan üstleriyle Shep'in peşinden kumsala indi.

"Şu dalgalara bakın," dedi Amy. "Amma büyükler."

Lafı ağzımdan aldı, diye düşündü Dan.

"Sakın endişelenmeyin. Buradaki cankurtaranlar

işlerinde ustadır. Başınız derde girerse elinizi kaldırın, ama sallamayın. Ah, işte bizimkiler şurada."

Shep meyve suyu içip sandviç yiyen bir grup sörfçüye el salladı. Kadınlar da, adamlar da yanık tenli ve atletikti. Hepsinin de saçları Shep'inkiler gibi güneşten açılmıştı. Sörf tahtalarının bazıları yerde duruyordu. Diğerleri diklemesine kuma saplanmıştı.

"Shep geldi," dedi adamlardan biri. "Nihayet dostum. Biz de nerede kaldı diyorduk."

"Bu arkadaşlar kim? Kendine yeni köpekbalığı yemleri mi buldun?"

Amy yutkundu. "Köpekbalığı yemi mi?"

"Siz onlara aldırmayın," dedi Shep. "Acemi olduğunuzu söylemeye çalışıyorlar." Shep gruba yaklaştı. "Bunlar, akrabalarım, Amy ve Dan. Bu da bakıcıları, Nellie. Onlara bir Avustralyalı gibi sörf yapmayı öğreteceğim."

"Benim tahta acemilere uygun," dedi kızlardan biri. "İsterseniz ödünç alabilirsiniz." Diğerleri de onlara iki tahta daha verdi.

Shep sırıtarak sörf tahtalarını koltuğunun altına sıkıştırdı. "Gelin, bakalım. Köpekbalıklarını da dert etmeyin. Flamaları geçmeyin yeter."

"Köpekbalıkları o flamaların ne anlama geldiğini biliyor mu?" diye homurdandı Nellie.

Sonraki yirmi dakika boyunca, Shep onlara sörfün inceliklerini öğretmeye çalıştı. Nellie neredeyse hemen kaptı. Ama Amy durmadan düşüyordu. Az sonra kendini Pasifik Okyanusu'nun yarısını yutmuş gibi hissetmeye başladı. Dan ona gülmekten kendisi de bol bol su yuttu. Ölü örümcek koleksiyonunu kargoyla piyano öğretmenine gönderdiğinden beri hiç bu kadar eğlenmemişti.

"Siz biraz takılın," dedi Shep. "Ben kendi tahtamla şu dalgaların tadını çıkarayım."

"Ben güneşleneceğim," dedi Nellie.

Nellie sahile çıktı. Shep tahtasının üzerine yatarak derinlere doğru ilerledi. Dan'le Amy de kendilerini bir sonraki dalgaya hazırladı. Amy saçlarını alnından çekip sırıttı. Gözlerindeki kaygı yerini neşeli bir pırıltıya bırakmıştı. Dan dalgayı en uygun yerinden yakaladı.

Nihayet kumsala çıktığında, Dan kahkahalarla gülüyordu. Ama civciv sarısı şortlar giyen ve mavi yüzücü gözlükleri takan bir ailenin uzun sörf tahtalarıyla suya girdiğini görünce suratı asıldı.

Holt'lar! Bu şapşalların burada ne işi vardı?

Dan yüzerek dalgalarda sırtüstü yatan Amy'nin yanına gitti.

"Misafirlerimiz var."

Amy kumsala baktı. "Olamaz! Çabuk kaçalım."

Ama geç kalmışlardı. Eisenhower Holt onları görmüştü. Etli parmağıyla çocukları işaret etti. "Rekabete devam!" diye böğürdü.

"Sence bizden ne istiyorlar?" diye sordu Dan. "Sakın bizi boğmaya kalkışmasınlar?"

"Hamilton izin vermez," dedi Amy. Ama bundan pek de emin değildi doğrusu.

Rusya'da, Hamilton Holt'la geçici bir işbirliği anlaşması yapmışlardı. Hatta onunla bir ipucunu bile paylaşmışlardı. Ama bu, arkadaş oldukları anlamına gelmiyordu.

"Çekiç, babasından korkuyor," dedi Dan. "Hoş, onun babasından ben de korkuyorum ya neyse. Ama bir Holt'a ondan korktuğunu belli etmemelisin. Onlar korkunun kokusunu alır. Ve o koku onlara mangalda pişen et gibi gelir." Elini suyun yüzeyine vurdu. "Gel bakalım," diye bağırdı Eisenhower'a.

Eisenhower bütün hantallığıyla sörf tahtasının üzerine atladı. Elleriyle suyu iterek onlara doğru ilerledi. "Bize borçlusunuz!" diye gürledi. "Bizi

Sibirya'ya yolladınız. Şimdi de sorularımıza cevap vereceksiniz."

"Size ipucunu verdik ya!" diye bağırdı Amy. "Daha ne istiyorsunuz?"

"Onu kendimiz de bulabilirdik!"

"Rüyanızda görürsünüz," dedi Dan. "Siz burnunuzun ucundaki bir ipucunu bile fark etmezsiniz!"

Eisenhower, ailesini yanına çağırdı. "Holt'lar! Dalgaları fethetmeye hazır olun!" Reagan'la ikiz kız kardeşi Madison, tahtalarına atladı. Anneleri Mary-Todd, onları izledi. En sona, Hamilton kaldı.

Amy dudaklarını kemirdi. "Şimdi ne yapacağız?"

"Gel, bir dalga yakalayalım," dedi Dan.

Tahtalarının üzerine yatarak ellerini ve ayaklarını çırpmaya başladılar. Ama yeterince hızlanamadılar. Dalga onları kumsala götürmek yerine daha da derine sürükledi.

Eisenhower Holt güçlü kollarıyla onlara doğru ilerliyordu. Birkaç dakika sonra, sörf tahtası Dan'inkine çarptı. Dan suya düştü. Yüzeye çıktığında, Eisenhower kocaman elini kafasına bastırdı. Dan yeniden suyun dibini boyladı.

Ağzından tükürükler saçarak başını sudan çıkardı.

"Kes şunu!" diye bağırdı Amy. Sörf tahtasından

atlayıp Eisenhower'ın ayağını yakaladı. "Dan'in astımı var!"

Ama Eisenhower Holt için Amy ayağına dolanan bir yosundan farksızdı. Dan'i yine batırdı. Dan ciğerlerinin sıkıştığını hissetti. Tekrar su yüzüne çıktığında Eisenhower'ın tahtasına asıldı. Kendi tahtası ileride başıboş sürükleniyordu. Dan nefes nefese kalmıştı.

Eisenhower elini Dan'in kafasına koydu. "Bana bir ipucu ver. Yoksa kardeşin dibi boylar."

Bu arada, sahile yaklaşmışlardı. İleride dev bir dalga belirdi.

"Dal," dedi Dan, Amy'ye.

"Dal mı?" diye sordu Eisenhower. "Ne biçim ipucu bu?"

Amy'yle Dan suya daldı. En son Mary-Todd'un, "Dikkat et, şeftalili turtam!" diye bağırdığını duydular.

Dan üzerinden geçen dalganın kuvvetini hissetti. Neyse ki, yeterince derindeydi. Yüzeye çıktığında havayı ciğerlerine çekti. Birkaç saniye sonra, Amy de yanında bitti.

Eisenhower kaçacak zaman bulamamıştı. Dalga ona bütün gücüyle çarptı. Eisenhower sörf tahtasıyla birlikte havalandı. Sonra dev dalganın arasında sarı şortunu gördüler. Bir cankurtaran ayağa kalkıp dürbünüyle baktı.

Eisenhower az sonra kendini yüzüstü kumlarda buldu. Mary-Todd dalgayı yakalayarak kocasının yanına gitti. Eisenhower ayağa kalktığında öfkeden kıpkırmızı kesilmişti. Mary-Todd'u itip sörf tahtasına binmeye çalıştı. Çok geçmeden, bütün Holt'lar yine Dan'le Amy'nin peşindeydi. Suyu köpekbalıkları gibi yararak ilerliyorlardı.

Bu arada, Shep, Amy'yle Dan'e yaklaştı. "Oh olsun," dedi Eisenhower'ı işaret ederek. "Kim bu adam? Başına geleni fazlasıyla hak etti. Bir çocuğu suya batırmanın komik olduğunu mu sanıyor?"

"Uçakta tanıştık," dedi Amy. "Biraz tuhaf bir aile. Sen ve arkadaşların onları atlamamıza yardım ederseniz çok seviniriz."

"Ciddi misiniz?"

Shep sörfçü arkadaşlarına ıslık çaldı.

Hepsi toplandığında Shep, Holt'ları gösterdi. "Akrabalarım şu turistlerle ufak bir sorun yaşıyor. İşler çirkinleşmeden onları buradan gönderelim."

Shep'in arkadaşları sırıttı. "Gidelim," dedi içlerinden biri.

"Birazdan yanınıza gelirim," dedi Shep arkadaşlarına. Amy'yle Dan'e döndü. "Hadi. Sizi kumsala çıkarayım."

Sörf tahtalarının üzerinde ellerini ve ayaklarını çırpmaya başladılar. Shep dayanamayıp arkasına baktı. Arkadaşlarından üçü bir sonraki dalgayı yakalayarak doğruca Holt'ların arasına daldı. Eisenhower suya düştü ve tükürükler saçarak yüzeye çıktı. Amy, Hamilton'ın gülerek suya daldığını gördü.

Sörfçüler dalganın üzerinden kolayca geçip yeniden tahtalarına uzandı. Eisenhower kıpkırmızı suratıyla hem ailesine bağırıyor hem de tahtasına ulaşmaya çalışıyordu.

Başka bir dalga sahile doğru sürüklendiğinde Holt'lar birbirlerinden uzaklaştı. Shep'in arkadaşlarından ikisi tahtalarının üzerine yatarak onlara doğru ilerledi. Amy onları bir anlığına gözden kaybetti. Ama tekrar baktığında dalgayla birlikte Eisenhower'a doğru kaydıklarını gördü. Eisenhower üzerine gelen iki sörfçüyü geç fark etti. Gözleri fal taşı gibi açıldı. Tahtasına nihayet kavuşmuştu. Onunla birlikte yana kaymaya çalıştı, ama dengesini kaybedip yine dibi boyladı. Tekrar su yüzüne çıktığında bu sefer kafasını kendi tahtasına çarptı.

Dan'le Amy kahkahalarla güldü.

"Hadi. Sıradaki dalgayı yakalıyoruz," dedi Shep.

Amy yutkundu. Dalga dev gibiydi. "Bunu mu?" diye cıyakladı.

"Hızlanın," dedi Shep. "Sonra da dalgayla birlikte yükselin. Hadi! Yapabilirsiniz!"

Amy ellerini suya daldırıp çırpmaya başladı. Azman dalganın arkasında yükseldiğini hissetti. Sonra birden tahtası havalandı ve ileri doğru atıldı. Shep bir sıçrayışta ayağa kalktı. Kafasını sallayarak saçlarındaki suları silkeledi ve dalgayla birlikte süzüldü.

Amy, Dan'in "Yuppi!" diye bağırdığını duydu. Bütün vücudu heyecanla ürperdi.

Arkasındaki okyanusa baktı. Reagan'la Madison tahtalarının üzerindeydi. Mary-Todd sudaydı ve tahtasının kenarına tutunmuştu. Hamilton ileride sakin dalgaların arasında keyif yapıyordu. Eisenhower, Dan'le Amy'nin sahile çıktığını görünce onların peşinden gitmeye çalıştı. Ama Shep'in arkadaşları yolunu kesti. Sonraki dalga Eisenhower'ın yüzünde patladı.

Shep'in arkadaşları kumsala çıktığında, çocuklar onlara teşekkür etti ve vedalaştılar. Nellie güneş banyosunu bitirmiş, onları bekliyordu. Güle oynaya Shep'in cipine bindiler. Shep havluları arka koltuğa fırlatırken hâlâ kıkırdıyordu.

"Sizinkilere iyi bir ders verdik," dedi. "Okyanus kurallarını bilmeden sörf yapılmaz."

BEŞİNCİ BÖLÜM

Irina Spasky, Sidney Opera Binası'nın önündeki basamaklara oturdu. Dünyaca ünlü bu binanın sivri çatıları limanda dans eden dalgaları anımsatıyordu. Masmavi gökyüzünde güneş bir Faberge yumurtası kadar parlaktı. Sidney halkı ve turistler bu güzel günün tadını çıkarmak için kendilerini sokağa atmıştı.

Hepiniz lanetlisiniz, diye düşündü Irina.

Eğer şu insanları durdurup "Nerelisiniz?" diye sorsa (tabii Irina asla o kadar arkadaş canlısı olamazdı), verecekleri cevap belliydi. Sidney, Tokyo, Manila, Los Angeles... Dünyanın dört bir köşesinden gelen turistler. Bazılarının ülkeleri arasındaki düşmanlıklar yüzyıllar öncesine dayanıyordu. Hatta kimileri savaş halindeydi. Hükümetler ve politikacılar bunun için vardı. Dünyanın düzeni buydu. Onlar öyle sanıyordu.

Asıl gücün nerede olduğundan haberleri bile yoktu. Oysa o gölgelerin arasındaydı. Ve gölgelerde, sınırlar yoktu. Her şey grinin içinde kaybolurdu.

Bir Cahill için, ülkeler ve sınırlar anlamsızdı. Yalnızca kolların önemi vardı. Bir kol dünyaya hükmedebilirdi.

Of! Irina istemeyerek de olsa, bunu Grace'in yaptığını itiraf etmek zorundaydı. 39 İpucu'nu bulmak için böyle bir fikir geliştirmişti. Yüzlerce yıldır devam eden av nihayet son bulacaktı. Irina artık bundan neredeyse emindi.

Ya sonra?

Irina yarışı Lucian'ların kazanması gerektiğine bütün kalbiyle inanmıştı. Bir zamanlar, Vikram Kabra'ya da inanıyordu. Ama yıllar Oxford'da tanıdığı o parlak genç adamı kirletmişti. Vikram güzeller güzeli, Isabel'e âşık olup onunla evlenmişti. Eskiden o ikisi etraflarına ışık saçardı. Irina onların büyüsüne nasıl kapıldığını hatırlıyordu. Vikram'ın sıcak ve ikna edici sesi. Bilgeliği. Ve Isabel'in muzip kurnazlığı.

Bir varmış, bir yokmuş... Bütün peri masalları böyle başlamaz mıydı?

Irina onlarla tanıştığında, iki yıllık KGB ajanıydı. Irina KGB'ye on altı yaşında girmişti. En genç ajanlarıydı. Oxford'daki bir burs programı için özel olarak yetiştirilmişti. Irina önce Vikram'la tanışmış ve hemen arkadaş olmuşlardı.

Irina henüz bunu bilmiyordu, ama o bir Cahill'di. KGB'nin onu işe alma sebebi bir Cahill olmasıydı. Emrinde çalıştığı insan da bir Lucian'dı ve Oxford'da onu Vikram bekliyordu.

Irina, Cahill'lerin dünyasına Vikram sayesinde adım atmıştı. Ona Lucian'ları o anlatmıştı. Irina KGB'deki görevine devam etmişti. Ama yıllar içinde Isabel'le Vikram'a birçok hizmette bulunmuştu. Bu arada, o ikisi de Lucian sosyetesinde yükselişlerini sürdürmüştü.

Irina onlara inanıyordu. Acımasızlıklarına güveniyordu. Kendine de güveni tamdı. Lucian'lar mutlaka yarışı kazanmalıydı.

Sonra birkaç gün önce, Irina yoluna çıkan iki kişiyi az kalsın öldürüyordu.

Amy ve Dan Cahill. İki küçük çocuk.

Ona ne olmuştu böyle?

Irina parmağını gözüne bastırdı, ama seğirmesi geçmedi.

Karşısındaki aydınlık ve huzurlu manzaraya baktı. Irina kuşkuları olmasına alışık değildi. Kuşkular dikkatini dağıtıyordu. O zaman da, kendini kocaman bir okyanusta başıboş sürüklenen bir sal gibi hissediyordu.

Irina'nın bir görevi vardı. Amy ve Dan Sidney'deydi. İki çocuğu havaalanından itibaren takip eden Lucian ekibe Isabel liderlik ediyordu. Isabel yıllardır ajanlık yapmıyordu. Ama oyuna böyle orta yerinden dahil olması tam da ondan beklenecek bir davranıştı. Hâlâ usta bir oyuncu olduğunu kanıtlamak istiyordu. Eskiden bir kılık değiştirme uzmanıydı. Çocukların karşısına önce orta yaşlı bir kadın olarak çıkmıştı. Sonra sırf eğlenmek için Amy'nin yeşim taşı kolyesini çalmıştı. O yüzden otobüsten inmişti ve Irina'nın şimdi büyük bir sorunu vardı. Dan'le Amy'nin nerede kaldığını bilmiyordu. Isabel'in suratına, "Bul onları!" diye bağırması da iyice canını sıkmıştı.

Isabel'in derdi neydi? Londra'daki evini bırakıp buralara kadar gelmesi hiç de hayra alamet değildi. Irina bela kokusu alıyordu. Isabel'le Vikram bütün operasyonlara uzaktan kumanda etmeyi severdi.

Isabel ülkeler arası saat farklarının onu yorduğunu ve yaşlı gösterdiğini söylerdi.

Ama sen bunu dert etmezsin, demişti Irina'ya gülerek. *Belli ki, dış görünüşünü fazla umursamıyorsun.*

Aslında bu doğruydu. Ama Irina yine de alınmıştı. Bir zamanlar, o da çekici bir kadındı. Hatta onu güzel bulanlar bile vardı. Özellikle de bir kişi.

Irina'nın gözündeki seğirme şiddetlendi. Bütün bunların üzerinden çok zaman geçmişti.

Rusya'da terslikler birbirini kovalamıştı. Irina, Amy ve Dan'in ipucunu bulduğundan emindi. Birinden yardım aldıkları muhakkaktı. Yine de, o ikisinin de hakkını teslim etmeliydi. Dan'in motosiklet kullanması. Amy'nin araba sürmesi. Irina'nın dudakları kıvrıldı, ama gülümsememek için kendini tuttu.

Sonra ayağa kalktı. *Yeter.* Onun bir görevi vardı. Ama anılar yakasını bırakmıyordu. Önünden anne ve babasının arasında yürüyen küçük bir oğlan çocuğu geçti. Elinde gri bir oyuncak hayvan vardı. Bir maymun muydu? Hayır, bir köpekti. Yavru bir köpek.

Irina parmağını gözüne bastırmak için elini kaldırdı. Bir grup genç Irina'nın onlara selam verdiğini sanıp ona el salladı.

Irina siyah güneş gözlüğünü takarken kaşlarını çattı. Avustralya'dan nefret ediyordu. Mutluluğun bu kadarı da fazlaydı canım!

ALTINCI BÖLÜM

Şaşılacak şeydi ama daha akşam bile olmamıştı. Uzun uçak yolculuğu ve saat farkı çocukların bütün enerjisini tüketmişti. Ama hâlâ konuşacak bir sürü konu vardı. Shep çay demledi. Açık mutfağın önündeki verandaya oturdular. Holt'ları alt etmenin heyecanı yerini meraka bırakmıştı. Amy ve Dan artık bazı cevaplara ulaşmak istiyordu.

Saladin, Shep'in kucağına yerleşmişti. Shep konuşurken bir yandan da onu okşuyordu.

"Art ve Hope'un buraya sadece tatil amaçlı gelmediğini hissetmiştim," dedi. "Art bir matematik dâhisiydi. Galiba bir harita üzerinde çalışıyordu. Çocukken de coğrafyaya meraklıydı. Haritalardan kafasını kaldırmazdı. İşin komiği, dünyayı gezen ben oldum. Art bütün o yerlere harita üzerinde gitmeyi daha çok seviyordu." Güldü. "Anneniz ondan daha maceracıydı."

"Avustralya'da nerelere gittiklerini hatırlıyor musun?" diye sordu Amy.

"Aslında bu tip detayları hemen unuturum. Bir sürü insanı bir sürü yere uçuruyorum. Geçimimi böyle sağlıyorum. Turist gezdirerek. Ama o geziyi hatırlıyorum. Durun bakayım... Onları Adelaide'a götürdüm. Ben Perth'e gittim. Art'la Hope orada birkaç gün kaldı. Sonra onları aldım ve hep birlikte Top End'e gittik. Darwin'e. Ah, bir dakika. Gezi programını hâlâ saklıyorum. Şuralarda bir yerde olacaktı. Şanslısınız. Ben hiçbir şeyi atmam."

Shep, Saladin'i Dan'in kucağına bıraktı. Renkli sandıkları karıştırmaya başladı. "A-a. Bu burada mıymış?" Eski bir tenis raketi çıkardı. "Tenisten nefret ederim. Ah, işte!"

Shep bir kolunda eski bir deri ceket ve diğer elinde kalın bir kitapla geri döndü. Ceketi Amy'ye verdi. "Bu annenindi. Darwin'de, ikinci el kıyafetler satan bir mağazadan aldı. Son anda, bavuluna sığdıramayınca bana bıraktı."

Hava sıcaktı, ama Amy ceketi kucağından indirmedi. Parmaklarını derisinin üzerinde gezdirdi. Bunu annesi satın almıştı. Onu üzerine giymişti. Utanmasa cekete sarılacaktı.

Shep kitabı gösterdi. "O yıla ait seyir defterim. Şimdiiiiii..." Sayfaları karıştırdı. "Tamam. Bana bir gezi programı vermişlerdi. İşte bu." Bir not kâğıdı çıkardı. Amy annesinin güzel el yazısını hemen tanıdı. En sevdiği mor mürekkepli kalemle yazmıştı.

Miami	Kalküta
Natal	Rangoon
Dakar	Bangkok
Khartoum	Singapur
Karaçi	Darwin

"Bunların hepsine gittiler mi?" diye sordu Amy.

"Herhalde dünyayı geziyorlardı."

Dan, Amy'nin omzunun üzerinden baktı. "Listede Sidney ve Adelaide yok."

Shep sırıttı. "Galiba burası gezinin eğlence kısmıydı."

Amy parmağını Miami'nin üzerine koydu. "Şimdi hatırladım! Bu gezinin bir bölümüne biz de katıldık.

Sahilde bir otelde kalmıştık. Dan sen herhalde üç yaşında falandın. Grace de gelmişti. Bizi bırakıp gittiklerinde çok ağlamıştım. Onları bir daha hiç göremeyeceğimi sanmıştım."

Amy düşüncelere daldı. O zamanlar, altı yaşındaydı. Kendini terk edilmiş gibi hissetmişti. Grace'in elini tutuyordu. Sonra Grace'in de gözlerinin dolduğunu fark edip korkmuştu. Grace hiç ağlamazdı çünkü. Otelin lobisinde durup Arthur'la Hope'un bir taksiye binişini izlemişlerdi. Amy aralarındaki camlı kapıyı o kadar iyi hatırlıyordu ki. Avazı çıktığı kadar ağlıyor ama annesi onu duyamıyordu.

"Hiçbir şey hatırlamıyorum," dedi Dan.

"Küçüktün de ondan. Bizimkiler uzun süre dönmemişti. Belki de bir aydı ama bana yıllar gibi gelmişti. Grace bizimle kaldı." Amy'nin gözlerinin önünde bir anı canlandı. Grace pencerenin kenarında oturmuş, bahçeye bakıyordu. Amy, Grace'in de kendini yalnız ve korkmuş hissettiğini düşünmüştü. Anneannesinin kucağına oturmuş ve elini onun yanağına koymuştu. *Yakında dönecekler*, diye mırıldanmıştı Grace.

Grace de tıpkı Amy gibi kendini buna inandırmaya mı çalışıyordu? O da torunu kadar korkuyor muydu?

Anne ve babaları Cahill'lerle ilgili bir görevdeydi kuşkusuz. O geziye eğlence için çıkmamışlardı. Yoksa Dan'le Amy'den o kadar uzun bir süre ayrı kalmazlardı. Amy bundan emindi.

"Arthur profesör olduğunda şaşırdım," dedi Shep. "Başka her şey aklıma gelirdi, ama bu..."

"Neden?" diye sordu Dan. "Sen ne olacağını sanıyordun?"

"Aslan terbiyecisi," dedi Shep fincanını sehpaya bırakarak. Güldü. "Akrobat. Profesyonel otomobil yarışçısı. Ya da benim gibi, bir pilot."

Dan de güldü. "Dalga geçiyorsun."

"Artie kadar gözüpek bir çocuk az bulunurdu. Eskiden maceradan maceraya koşardı. Bisikletle geçmemiz için engelli bir parkur yapmıştı. Göle yüksekten atlayalım diye kutulardan bir tramplen inşa etmişti. Başka bir gün garajın çatısına bir kaydırak kurduk. Hepsini ilk Artie denedi."

"Babam mı?" diye bağırdı Dan. "Vay canına!"

Amy, Dan'e baktı. Kardeşinin gözleri parlıyordu. Babalarından söz edilmesi onu hep mutlu ediyordu. Amy neden böyle hissedemiyordu? Neden hüzünleniyordu?

Ebeveynlerinizi kaybettiğinizde, bunun acısı hiç

dinmez. Yalnızca değişir. Bazen sizi hiç beklemediğiniz bir anda sırtınızdan vurur. Tıpkı şimdiki gibi. Amy babasının çocukluğundaki kahramanlıklarını dinlerken birden çılgınca ağlamak istedi. Demek ki, Dan cesaretini ondan almıştı.

"Babanız benden daha zekiydi," dedi Shep. "Derslerini de ihmal etmezdi. Ödevlerini eksiksiz yapardı. Bulmaca çözmeye bayılırdı. Ben Hawaii'ye taşınıp dalgaları keşfettim. Ondan sonra da hayatım asla eskisi gibi olmadı. Tek bir yerde yaşayıp bir ofiste çalışmak bana göre değil. Bütün dünyayı gezdim. Sonra da kendimi burada buldum. Sidney bana bütün istediklerimi veriyor."

"Harika," dedi Dan. Amy kardeşinin kendine yeni bir kahraman bulduğunu görebiliyordu.

"Sıra sizde," dedi Shep. Mavi gözlerini ısrarla yüzlerine dikti. "Avustralya'ya neden geldiniz?"

Amy, Dan'e fırsat vermeden atıldı. Shep'e güvenemeyeceklerinden değildi. Ama 39 İpucu hakkında ne kadar az şey bilirse, onun için o kadar iyiydi.

"Tatildeyiz," dedi. "Bir okul projesi için ailemizin tarihini araştırıyoruz. Hiç Bob Troppo diye birini duydun mu?"

"Hatırlamıyorum. Sidney'de mi yaşıyor?"

"Hayır. 1890'lardan azılı bir suçlu," dedi Dan. "Yüzünde kocaman yara izleri var. Sidney'de bir süre hapis yatmış, ama sonra kaçmış. Kırsalda izini kaybettirmiş."

"Tam olarak nereye gittiğini bilmiyor musunuz? Avustralya'daki kırsal arazilerin ucu bucağı yoktur."

Amy'yle Dan çaresizce birbirlerine baktı.

"Galiba iyi bir başlangıç noktası seçmemişsiniz," dedi Shep. "Ama biliyor musunuz? Bence elinizde fazla bilgi olmaması daha iyi. Belirli bir yere takılıp kalmaz ve daha hızlı ilerlersiniz."

"İyi, ama bundan sonra ne yapacağımızı hiç bilmiyoruz," dedi Amy. "Bize yol gösterir misin?"

"Elbette. Bir arkadaşım var. Ücra yerlere turlar düzenliyor. Red Centre'ın dışına. Uluru, Coober Pedy, Alice. Turistleri buralara götürüyor."

Dan'le Amy onun neden bahsettiğini bile anlamamıştı. Shep cebinden telefonunu çıkardı. "Durun, ona sorayım. Belki Bob Troppo'yla ilgili bir şeyler biliyordur." Dediği arkadaşını aradı, ama ulaşamadı. Omzunu silkti. "Jeff sesli mesajlarına bakmaz. Ama aradığımı görünce bana dönecektir."

Dan ve Amy şu Jeff denen adamın Shep'i aramasını bekleyemezdi. O kadar vakitleri yoktu.

"Demek bir uçağın var?" dedi Dan.

"İstediğin yere kolayca ulaşıyorsundur," diye atıldı Amy.

Shep güldü. "Bir dakika. Yoksa sizi şehir dışına mı götürmemi istiyorsunuz? Arkadaşımın yanına? Onunla yüz yüze konuşmanız için?"

"Kendini zorunlu hissetme tabii," dedi Amy. Nedense birden savunmaya geçmişti.

"Evet, dert etme," dedi Dan. "Biz cadı bir teyzenin elinde büyüdük. Her türlü hayal kırıklığına alışkınız."

Shep gözlerini devirdi. Ama sonra yüzündeki gülümseme kayboldu. "Size amcalık edemedim."

"Boş ver," dedi Dan. Amy kardeşinin ne olursa olsun onu sevmeye hazır olduğunu görebiliyordu.

Shep hafifçe öksürdü. Sonra kalkıp boş fincanları tepsiye koydu. "Ama en azından bir uçağım var," dedi.

Dan gülmeye başladı. "Bizi arkadaşının yanına götürecek misin? Sırf biz istedik diye bin kilometre yolu gidecek misin gerçekten?"

"Birkaç bin," dedi Shep sırıtarak. "Burası Avustralya."

Islık çalarak mutfağa gitti.

Dan, Amy'ye doğru eğildi. "Keşke vasimiz o olsaydı. Onun yerine, Kanlı Beatrice'e mahkûmuz. Şu hayat hiç adil değil."

Nellie güldü. "Muhteşem Nellie'yi unutuyorsunuz." O sırada telefonu çaldı. Nellie telefonu açtı ve birden yüzü asıldı. "Ian Kabra," dedi Amy'ye. "Seni istiyor."

YEDİNCİ BÖLÜM

Amy telefonu alırken bütün bakışları üzerinde hissetti. Yüzü yanmaya başladı. Dan kızardığını görmesin diye başını çevirdi. "Ne i-i-istiyorsun, Ian?" Kekelemekten nefret ediyordu. Dudaklarını birbirine bastırdı.

"Pek de sıcak bir selamlama olmadı," dedi Ian kadife sesiyle. "Ama hak ettim galiba."

"Aslında daha da kötüsünü hak ediyorsun ya neyse."

"Biliyorum. Sana korkunç şeyler yaptım. Ama bir yarışmadayız. Ben babamdan en önemli şeyin kazanmak olduğunu öğrendim. Sesi durmadan kulaklarımda çınlıyor. Bir kriket maçı sonrası *iyi oynayıp oynamaman umurumda değil*, demişti. *Sizin takım kaybetti. Farkında değil misin? Sırtını sıvazlamamı bekliyorsan, havanı alırsın!"*

Amy birden ona acıdı. Ama Ian onu daha önce de kandırmıştı. Yeniden onun tuzağına düşmeyecekti. Sesi ne kadar içten gelirse gelsin, Ian Kabra'ya inanmayacaktı.

"Bunları psikoloğuna anlat."

"Ne desen haklısın. Seni güvenini geri kazanmak için aramadım. Elimde bazı bilgiler var."

"Onlarla ilgileneceğimi kim söyledi?" dedi Amy. Dan, Ian'ı duyabilmek için kulağını telefona yaklaştırdı. "Bir daha beni arama."

"Annenlerle ilgili," dedi Ian. "Ölümleriyle."

Amy donup kaldı.

"Annem bana her şeyi anlattı. Annenle baban öldürülmüş."

Amy'nin kulakları uğuldamaya başladı. Ian'ın söylediklerine dikkatini veremiyordu. *Annenle baban öldürülmüş*... öldürülmüş...

"Amy?" Ian hâlâ konuşuyordu, ama Amy kelimeleri ayırt edemiyordu.

Aslında bundan hep şüphelenmemiş miydi? Kalbinin derinliklerinde hep buna inanmamış mıydı?

Yangın... ayaklarına değen ıslak çimenler... kucağında titreyen Dan... gece havasına karışan küller...

Neler oluyordu? Amy zihnine üşüşen görüntüleri kovalamaya çalıştı.

"... bunları seninle konuşmak istiyorum. Geçici bir ateşkes anlaşması yapalım. Söz veriyorum, size bir zarar vermeyeceğim."

Annesi ve babası öldürülmüştü.

"Gelecek misin?" diye sordu Ian.

"Ne biliyorsan şimdi anlat." Amy sesini kontrol etmekte zorlanıyordu. Kalbi kulaklarında atıyordu sanki.

"Bu hat güvenli değil."

"Ne?"

"Güven bana. Halka açık bir yerde buluşalım. Etrafta bir sürü insan olacak. Circular Quay'de Rocks Market var. Saat üçte, Çağdaş Sanat Müzesi'nin önünde olacağım."

Amy cevap vermedi.

"Umarım gelirsin," dedi Ian ve kapadı.

"Ne diyor o sinsi?" diye sordu Dan. "Senden ne istiyor? Ah, bir dakika. Bu bakışı biliyorum." Dan baygın bir ifade takınıp kirpiklerini kırpıştırdı. "Ah, Ian! Beni yatınla bir gezintiye çıkarır mısın, sevgilim?"

Amy ona ateş püskürен gözlerle baktı. "Sadece buluşmak istiyor. Anlatacakları varmış."

"Sen de ona inandın, öyle mi? Ablam bir yılana âşık oldu!"

"DAN!"

"Hey," diye araya girdi Nellie. "Kendinize gelin." Endişeyle Amy'ye baktı. "Onunla buluşmayacaksın değil mi, Amy? Ya bu bir tuzaksa?"

"İkiniz de bana aptalmışım gibi davranmaktan vazgeçin!"

"Sen de koca bir aptal gibi davranma o zaman!" diye bağırdı Dan.

Amy ellerini ceplerine soktu. Yalnız kalıp düşünmeye ihtiyacı vardı. Ian'ın iddiası yabana atılmayacak kadar ciddiydi.

Annenle baban öldürülmüş.

Amy koşarak eve girdi. Shep arabasının anahtarını almaya gitmişti. "Yola çıkmaya hazır mısınız?" diye sordu. "Hızlı bir şehir turu için vaktimiz var. Sonra da marketten yiyecek bir şeyler alırız."

"Ben evde kalacağım," dedi Amy. "Başım ağrıyor. Dinleneceğim."

"Biraz uyu," diye seslendi Nellie verandadan. "Sinirlerin yatışır."

"Rüyanda sevgilini görürsün," diye homurdandı Dan.

"Hop, yeter!" diye azarladı Nellie onu.

Dan, Nellie ve Shep dışarı çıktığında, Amy evde yalnız kaldı. Ian'ın sesi kafasının içinde yankılanıyordu. *Annenle baban öldürülmüş...* Yoksa yalan mı söylüyordu? Ve eğer, bütün bunlar doğruysa, Ian katili biliyor muydu?

Amy birkaç derin nefes aldı. Annesi ve babası bir cinayete kurban gitmişti. Belki de katili tanıyorlardı.

Kabra'lara güvenemezdi.

Belki de bir tuzağın içine çekiliyordu. Ama umurunda değildi.

Çünkü tek bir soru beynini yakıyordu: *Kim?*

Amy otobüsten inip limanın oradaki müzeye doğru yürüdü. Akşam güneşi hâlâ yakıyordu. Circular Quay turistlerin buluşma noktasıydı. Amy kalabalığı görünce rahatladı. Böyle bir yerde izini daha kolay kaybettirebilirdi. Karşısına çıkan ilk hediyelik eşya mağazasından bir beyzbol kasketi aldı. Kasketi başına geçirip siperini iyice yüzüne doğru indirdi.

Keşke şu turistlerden biri olsaydı. Kaldırım taşlı sokaklarda keyifle dolanıp fotoğraf çekseydi. Burası Sidney'in en eski mahallelerindendi. Dükkânlar ve kaldırım kenarı kafeleri fazlasıyla davetkâr görünüyordu. İleride, masmavi gökyüzü Harbour Köprüsü için mükemmel bir fon oluşturuyordu. Amy Sidney'in meşhur Opera Binası'na hayranlıkla baktı. Taç yaprakları baharda açılan bir çiçeğe benziyordu. Bir yerlerden müzik sesi geliyordu. Restoranların beyaz tenteleri Opera Binası'nın çatısına benzetilerek yapılmıştı. Altlarındaki gölge masalarda insanlar keyifle yemek yiyordu.

Gelgelelim, Amy bir turist değildi. Burada olmasının bir amacı vardı. Bir vitrinin önünde durdu. Ama orada sergilenenler yerine, sokağın camdaki yansımasına baktı. Etrafındaki insanları kontrol ediyordu. Sonra bir köşeden yan sokağa saptı ve birkaç dakika sonra hızla geri döndü. Yönünü şaşırdığından değil, peşinde biri var mı diye anlamak için. Sonra başını yana eğerek binalara baktı. Asıl amacı, dikkatle çatıları taramaktı. Belki güneşte ona doğrultulan bir dürbünün pırıltısını yakalardı.

Amy izlenmediğinden emin olduğunda, müzeye yöneldi. Bilerek yavaş yürüyordu. Keşif yapmak için erken gelmişti. Bir eşikte durup önünden geçenlere baktı. Arada bir birini bekler gibi saatine göz atıyordu.

Birden yakınında birini hissetti.

"Ne güzel bir gün. Umarım tadını çıkarabilirsin."

Amy Rus aksanıyla konuşan bu kadın sesini gayet iyi tanıyordu. Ondan uzaklaşmaya çalıştı, ama tam önünde kalabalık bir turist kafilesi vardı. Akşam yemeğini nerede yiyeceklerini tartışıyorlardı. Amy sırtında bir baskı hissetti.

"Tırnaklarım dolu," dedi Irina.

Parmağını hafifçe bükmesi yetecekti. Tırnağındaki zehirli iğne Amy'nin ensesine saplanıverecekti. Amy bir polis görme umuduyla etrafına bakındı.

"Aptallık etme. Sana kimse yardım edemez. Yürü."

Amy limana sırtını dönerek yürümeye başladı. Bir kaçış planı düşünüyordu. Irina'yı atlatabilir miydi? Belki. Ama Irina hemen arkasındaydı. En ufak bir hareketinde iğne ensesine batacaktı.

"Düşünme. Sadece yürü," dedi Irina. "Şuraya gir."
Amy taş bir binanın kapısını itti. Kapı kilitli değildi. Peşinde Irina'yla içeri girdi. Irina kapıyı arkalarından kapadı.

Eski bir pub'daydılar. Odanın ortasından ahşap

bir bar geçiyordu. Raftaki şişeler loş ışıkta kehribar rengi parlıyordu. Tavandan örümcek ağları sarkıyordu. Her adımlarında kalkan tozlar içeri sızan güneş ışığında dans ediyordu.

"Bu taraftan." Irina, Amy'yi odanın sonundaki küçük bir kapıya doğru yürüttü.

Amy korkmaya başlamıştı. Kan Kilisesi'nde Irina'nın gözlerindeki ifadeyi görmüştü. Irina o karanlık gecede, Dan'le Amy'yi öldürmeye çok yaklaşmıştı. "Hayır."

"Kapıyı aç. Lütfen," dedi Irina. Amy duraksayınca Irina kapıyı bir tekmede açtı. Amy'yi hafifçe itti. "Seni öldürmeyi düşünseydim, bunu şimdiye kadar on kere yapardım. Kabra'lardan uzakta baş başa görüşmemiz lazım. Sen geç kalınca etrafta bakmadıkları delik kalmayacak. Yürü."

Amy kendini kocaman bir depoda buldu. Raflarda fasulye ve domates konserveleri vardı. "Sağ ol. Ama alışverişimi kendim yapabilirdim," dedi Amy alaycı bir sesle. Irina'nın korkudan titrediğini fark etmesini istemiyordu.

"Şakadan hiç anlamam. Sevmem de. Bunu şimdiye kadar anlamalıydın." Irina onu deponun arkasına doğru itti. Kalın taş duvarda, eski tahta bir kapı vardı. Deminkinden de küçüktü ve yol yol çatlamıştı. Irina büyük demir bir anahtar çıkarıp kilide soktu. Sonra kapıyı itti. İçerisi karanlıktı.

"Şimdi sana Avustralya tarihine ait özel bir parça göstereceğim." Irina içeri girmesi için Amy'yi dürttü. Amy tırnağının sivriliğini hissetti. "Hadi."

SEKİZİNCİ BÖLÜM

Amy eski bir merdiven gördü. Bu arada, arkalarındaki kapı *tak* diye kapandı.

"Birkaç fare dışında tamamen güvenli," dedi Irina.

"Ben farelere alışkınım. Bizim ailede onlardan çok var."

"Sen de kardeşin gibi komedyensin ha? Bu tünel 1800'lerde kullanılıyormuş. Ayaktakımından bir serseri barda romu fazla kaçırırsa, ertesi sabah kendini bir gemide buluyormuş. Tünel doğruca limana açılıyor."

Merdivenlerin dibine ulaşmışlardı. Yer toz yumakları ve türlü çerçöple doluydu. Amy yalnızca taş duvarları görebiliyordu. İlerisi karanlıktı.

"Be-beni nereye götürüyorsun?" Sesinin titremesine engel olamamıştı.

"Hıh. Seni kaçırdığımı sanıyorsun değil mi? Aksine. Seni kurtarıyorum. Ayrıca ben kimseyi kaçırmaya tenezzül etmem."

"Sahi mi? Ben de kazanmak için her şeyi yaparsın sanırdım."

"Haklısın. Eskiden öyleydi. Ama bugün sana bir iyilik yapıyorum, Amy Cahill. Sana ihtiyacın olan tavsiyeyi veriyorum. Her şeyden korkuyorsun. Ama asıl korkman gerekenden korkmuyorsun. Bir daha düşün, Amy. Adımlarını ona göre at."

"Teşekkürler. Gerçekten çok yardımı oldu."

"Şu anda benden korkuyorsun. Seni anlıyorum. Ne de olsa, düşmanınım. Ama inan bana, başında benden daha büyük dertler var."

"Öyle mi? Farelerle dolu bir tüneldeyim ve zehirli tırnaklarınla beni tehdit ediyorsun. Bundan daha büyük bir dert olabilir mi?"

"Bir şey daha var. Asla unutmaman gerekeni hatırlamıyorsun."

"Ah! Şimdi bütün düğümler çözüldü!" diye alay etti Amy.

"Hâlâ işin şakasındasın. Ama ayrılmadan önce

şunu kafana sok. Bilmediklerin senin lanetin. Seni ve dünyayı onlar yok edecek."

"Biraz abartmıyor musun?" Irina'yla alay etmek korkusunu yenmesine yardımcı oluyordu.

"Hayır." Irina onu kolundan tutup kendine çevirdi. "Kulaklarını dört aç, Amy Cahill. Kafanı kumdan çıkarma zamanın geldi. 39 İpucu kardeşine bir oyun gibi geliyor. Öyle değil mi?"

Amy, Irina'nın gözlerinin içine bakmaya çalışıyordu. Ama bu buz gibi soğuk mavi gözler ve simsiyah kirpikler onu huzursuz ediyordu. Irina son söylediğinde haklıydı. Dan kendini yarışmanın heyecanına kaptırmıştı.

"Ama sen ondan daha temkinlisin. Onun için özellikle seninle konuşmak istedim. Annen ve baban bunun için öldü. Yoksa sizi bırakıp gitmek isterler miydi?"

"Seninle onları konuşmayacağım!" Amy bir çocuk gibi görüneceğinden çekinmeseydi, kulaklarını tıkardı.

"Hiçbir anne ya da baba çocuğunu terk etmek istemez. Basit bir oyun için evlatlarından ayrılmayı göze alırlar mıydı?"

"Yeter!"

"Annen seni yalnız başına bırakıp sadece kocası için yanan bir eve girer miydi?"

Amy donup kaldı. "Sen bunu nereden biliyorsun?"

Irina omzunu silkti. "Gazetelerden. Ama sen bütün gerçekleri biliyorsun. Çünkü o gece oradaydın. Her şeyi görecek kadar büyüktün. Cahill'lere güvenmiyorsun. İyi de yapıyorsun. Hepimizin kendimize göre bir hesabı var. Onun için, sadece hatırlamak zorundasın."

"O geceye dair hiçbir şey hatırlamıyorum," dedi Amy. Ama bu doğru değildi. *Soğuk çimenler, uçuşan küller, patlayan bir cam, ağlayan Dan...*

"Sen becerikli bir kızsın, Amy. Akıllısın. Hem kendin hem kardeşin için en iyisini yapmaya çalışıyorsun. Ama bazen daha derin düşünmelisin. Yüzleşmek istemediğin gerçeklerle yüzleşmelisin. Bunu yapana dek, savunmasızsın."

"Neye karşı?"

"Sana duymak istemediklerini söyleyecek birine karşı. Onun için tekrar soruyorum. Yangın gecesi neler oldu?"

Amy annesinin ağzına bastırdığı soğuk ve ıslak havluya öksürüyordu. Annesi elini sıkıca tutuyordu. Amy alevlerin çıtırtısını duyuyor, ama onları göremiyordu.

Her yer dumanla kaplıydı. Dan annesinin kucağında ağlıyordu.

"Bilmiyorum. Küçüktüm. Hatırlamıyorum." Korkusu kelimeleri boğazına tıkıyordu. Hatırladıkları başını döndürüyor, midesini bulandırıyordu.

"Enteresan," dedi Irina. Onun da gözleri daldı. "Ben yedi yaşımı gayet iyi hatırlıyorum. St. Petersburg sokaklarında annemden ayrılışımı. Üzerimdeki paltoyu. Ayakkabılarımı. Nehrin rengini. Beni bulduğunda annemin yüzündeki ifadeyi..."

Amy güçlükle yutkundu. "Senin adına sevindim."

"O gece eve biri geldi mi?" diye sordu Irina. "Bir şey duydun mu? Seni annen mi aldı? Evden nasıl çıktın?"

"Kes şunu!"

Merdivenlerden iniyorlardı. Babası çalışma odasında kitapları yere atıyordu.

"Çocukları çıkar!" diye bağırdı.

"Baba!" diye çığlık attı Amy. Kollarını ona doğru uzattı ve babası bir an duraksadı.

"Hadi, meleğim. Annenle git."

"Hayır!" Annesi onu çekiştirirken hıçkırıklara boğuldu. "Baba! Hayır!"

"Hayır," diye fısıldadı Amy. "Hayır."

"Kötü hatıraları unutmaya çalışırız," dedi Irina kederle. "Kendimize onları unutmamız gerektiğini söyleriz. Böylesinin daha iyi olduğunu düşünürüz. Ama değil. En iyisi, her şeyi hatırlamak. Acıyı bile."

"Benden ne istiyorsun?"

Irina'nın bakışları yeniden ona odaklandı. "Gel. Vaktimiz doluyor. Burası Lucian bölgesi. İkimiz de ortadan kaybolursak, Isabel er geç buraya bakmayı akıl eder."

Tekrar yürümeye başladılar. Amy ışığın grileştiğini fark etti. Tünelin sonuna mı yaklaşıyorlardı? Eğer öyleyse kaçmaya hazırlandı. Sonra ayak bileğine bir şey süründü. Amy korkuyla sıçradı.

"Sadece bir fare," dedi Irina. "Aileden biri. Kulaklarını yalanlarla dolduran da bir fare."

"Sus!" dedi Amy. "Madem beni kaçırmadın, o zaman açık konuş."

Karşılarına bir kapı çıktı. Amy ağır demir sürgüye baktı. Irina'nın yardımı olmadan buradan çıkamazdı.

Irina sırtını kapıya yasladı. "Pekâlâ. Seninle açık konuşacağım. Isabel seninle görüşmek istedi. Doğru mu?"

"Hayır. Beni Ian aradı."

Irina *boş ver* dercesine elini salladı. "Ian sadece bir

yem. Isabel seni kandırmak için oğlunu kullanıyor. Annenle babanın katilini öğrenmek için onlarla buluşacağını biliyor."

"Isabel katili biliyor mu?"

Irina omzunu silkti. "Yanlış soru. Doğru soru, sana gerçeği söyler mi? Tabii ki, hayır. Seni yumuşatmak için bir yalan söyleyecek. İnandırıcı bir yalan. Sonra da seninle anlaşmaya çalışacak."

"Ben de aptalım ya? Bana her söylediğine inanacağım, öyle mi?"

Irina parmağını kaldırdı. "*Nyet.* Aptal değil. Burada benimlesin, çünkü zeki bir kız olduğunu biliyorum. Isabel istediğini almaya alışık bir kadın. Emellerine ulaşamazsa öfkelenir. O zaman da, mantıksız davranmaya başlayabilir. Onunla anlaşmayı reddedersen, senden intikam almaya çalışacak."

"Tavsiyen ne?" diye sordu Amy.

"Buluşmaya gitme. O geceyi ondan dinlemek zorunda değilsin. Sen zaten oradaydın. Hafızanı yokla yeter." Elini kapının koluna koydu. "Limanın üç sokak aşağısına çıkacaksın. Burada güvenlik kamerası yok. Bir otobüse atla. Ya da bir taksiye. Kaldığın yere dön."

"Bunu neden yapayım?"

Irina iç çekti. "Sebebini görüşmemizin en başında söyledim. Sence annenle babanı gözünü bile kırpmadan öldüren biri size acır mı?"

"Söylediklerinin tek kelimesine bile inanmıyorum," dedi Amy. "Bence beni korkutmaya çalışıyorsun."

Irina'nın gözlerinde öfke pırıltıları yanıp söndü. "Zaten korkmalısın." Bir an duraksadı. "Sana bir ipucu vermeme ne dersin?"

"Karşılığında ne istiyorsun?"

"Hiç," dedi Irina sabırsızca. "Yakında sizi New York metrosuna götürecek bir iz yakalayacaksınız. İpucu orada, bir karodaki resimde gizli. Altı numaralı hat üzerinde, On Yedinci Sokak durağında. Ne söyleyeceğini biliyorum. On Yedinci Sokak durağı altı numaralı hatta değil, Irina. Ama ipucunun farkı da burada gizli zaten. Biberiye. Bir tutam."

"Sana neden inanayım?"

Irina omzunu silkti. "Otuz dokuz tane ipucu var. Birini söylesem ne fark eder? Bana güvenmen daha önemli."

"İmkânsız. Aradan bir milyon yıl geçse bile."

"Ben bir milyon yıl ya da sonsuza dek demiyorum. Sadece bir gün istiyorum. Bugün."

"Bunu neden yapıyorsun? Verdiğin ipucu gerçekse Lucian'lara ihanet ediyorsun."

Irina irkildi. "Ben bunu onlar için yapıyorum. Bir gün sadakatim anlaşılır umarım." Kilidi açıp kapıyı itti. "Sokağın sonundan sağa dön. Git hadi."

Amy'nin bacakları titriyordu. Kendini dar ve karanlık bir sokakta buldu. İlerisi aydınlıktı ve sokaktan bir taksi geçiyordu. Arkasına baktı. Irina gitmişti.

Irina onu gerçekten serbest mi bırakmıştı?

Bir an duraksadı. Irina'ya neden güvenecekti? Birden korkuyla donup kaldı. Annesiyle babası öldürülmüştü. Bütün bunlar gerçekti. Şimdi bile izleniyordu belki de. Buradan bir otobüse ya da taksiye binse, Shep'in adresini öğreneceklerdi. Irina *kaldığın yere dön* demişti. Hâlâ nerede kaldıklarını bilmiyorlardı.

Ama eğer Irina'nın söyledikleri doğruysa da, Isabel'in tuzağına düşecekti.

İnsanların meraklı bakışlarını hissedince toparlanmaya çalıştı. Köşeye vardığında müzenin birkaç blok ilerisinde olduğunu fark etti. Harbour Köprüsü'nün altından bir feribot geçiyordu.

Belki de bu yolla kaçabilirdi. Kimse bir feribota bineceğini akıl etmezdi.

Feribotun yaklaştığını gördü. Müzeyle arasında

birkaç blok vardı. Kimseye görünmeden feribota atlayabilirdi.

Amy iskeleye doğru koştu. Feribot daha yolcu almaya bile başlamamıştı. Böyle giderse feribotu yakalayabilirdi. Ama birden bir hız teknesi feribotun yolunu kesti. Doğruca iskeleye yanaştı. Bir çocuk iskeleye, Amy'nin tam önüne atladı.

"İşte buradasın!" dedi Ian.

Isabel hız teknesinden ona el salladı. "Amy! Gelsene!"

Amy arkasına baktı. Irina rıhtımın ucundaydı. Güneş gözlüğü taktığı için yüzündeki ifade belli olmuyordu.

Amy kendini aptal gibi hissetti. Irina bunu planlamıştı. Belki en başından beri Isabel'le birlikte hareket etmişlerdi.

Ian koluna girdi. "Geldiğine sevindim," diye mırıldandı. "Konuşacak çok şey var."

Isabel motorun dümeninden, "Ne güzel bir gün değil mi?" diye seslendi.

Amy başka seçeneği olmadığını biliyordu. Doğruca bir tuzağın içine çekilmişti. Ian'ın kolunu silkeleyip bota bindi.

DOKUZUNCU BÖLÜM

"Otursana, Amy," dedi Isabel. Hız teknesinin arka kısmındaki minderli, uzun bankı işaret etti. Çizgili bir bluz, beyaz bir pantolon ve beyaz spor pabuçlar giymişti. "Körfezde hızlı bir tur atalım. Sana buranın en güzel koyunu göstereceğim. Kırk beş dakikaya döneriz. Söz!"

"Ama ben..." Motorun gürültüsü Amy'nin sesini bastırdı. Bot iskeleden hızla ayrıldı ve feribotun yanından geçerken ona düdük çaldı. Amy elleriyle kulaklarını kapadı.

"Ah, pardon!" Isabel dümeni kırıp başka bir teknenin önünden hızla geçerken güldü. Dalgalar teknenin gövdesine hızla çarpıyordu. "Burada trafik sıkışık. Hadi gidelim. Amy, sakın korkma, hayatım. Ben deneyimli bir kaptanım."

"Annemin Bahamalar'daki evimizde bir teknesi var," diye bağırdı Ian, Amy'nin kulağına. "Arada yarışmalara bile katılır. Endişelenme."

Amy, Dan'in Ian'ın İngiliz aksanını ve kullandığı resmi kelimeleri taklit edişini hatırladı. Keşke kardeşi yanında olsaydı. Belki onu biraz rahatlatırdı.

Amy bir buz küpü kadar soğuk ve asık suratlı Irina'dan oldum olası korkardı. Bir örnek giyinen ve bağırarak konuşan Holt'lardan da öyle. Ama yeni düşmanı, Isabel bir moda dergisinden fırlamış gibiydi. Gözlerinde oynaşan pırıltılar, o sıcak ve çekici gülümsemesi... Isabel, Amy'nin hayatında gördüğü en güzel kadınlardan biriydi. Dümenin önündeki yüksek tabureye tünemiş, beyaz pabuçlu ayaklarını neşeyle sallıyordu. Bu kadın tehlikeli olabilir miydi? Hiç sanmıyordu. Hepsi de Irina'nın yalanlarıydı.

Açık denize çıkmışlardı. Tekne okyanusta uçarcasına ilerlerken, Amy'nin dişleri birbirine çarpıyordu. Teknenin burnu artık suya değmiyordu. Amy Isabel'le Ian'ın sözlerine rağmen, bu kadar hızlı gitmekten korkuyordu.

"İşte bu!" diye bağırdı Isabel keyifle. Amy'ye döndüğünde gözleri heyecanla parlıyordu. "Nasılsınız? Eğleniyor musunuz?"

"SÜPER!" diye bağırdı Ian. Ama Amy onun teknenin kenarındaki metal parmaklıklara sıkıca tutunduğunu fark etti.

Dalgalar şiddetlenmişti. Amy oturduğu yerde zıplıyordu. Rüzgârda saçları yüzüne savruluyordu. Gözlerini kapadı.

Amy kemiklerinin un ufak olacağından endişelenmeye başlamıştı ki, Isabel tekneyi yavaşlattı. Güzel bir koya girdiler. Amy at nalı şeklindeki, beyaz kumsala baktı. Plajda insanlar vardı. Sörf dubalarının ilerisinde birkaç kişi yüzüyordu. Rahat bir nefes aldı. Isabel'in onu ıssız bir yere getireceğinden endişelenmişti. Gerekirse, denize atlayıp buradan kıyıya yüzebilirdi.

Tekne dalgalarda usulca salınıyordu. Isabel, Ian'la Amy'nin karşısına bir iskemle çekip oturdu. Onların ellerini tuttu.

"Pekâlâ, siz ikiniz. Bu kadar hırgür yeter. Hemen şimdi, benim gözlerim önünde barışacaksınız."

Amy ona hayretle baktı. *Hırgür mü?* Anne Kabra oğlunun ne kadar acımasız olduğunu bilmiyordu anlaşılan.

Amy elini çekti. "Ben buraya Ian'la barışmaya gelmedim," dedi kararlılıkla. Sesinin güçlü çıktığına seviniyordu. "Bana ailemin öldürüldüğünü söylediniz."

Isabel, Ian'ın elini bıraktı. "Hemen konuya girelim diyorsun, öyle mi? Dürüstlüğünü sevdim. Madem istediğin bu, pekâlâ. Ama konuştuklarımızın aramızda kalması gerek. Buna saygı göstereceğini umuyorum. Avustralya'ya sevgili çocuklarımı almaya gelmedim." Duraksadı. "Lucian kolunda bir köstebek var. Bir süredir iş başında. Her dönemeçte bizi köstekliyor."

Nataliya, diye düşündü Amy. Amy ve Dan'e Rusya'da o yardım etmişti. Nataliya bir Lucian'dı, ama son ipucunu onun sayesinde bulmuşlardı.

"Kimden bilgi aldığını merak ediyorduk. Ama sonra anladık. Madrigal'lar. İçimizden biri onlara katıldı."

Amy buna inanmadı. Eğer Isabel, Nataliya'dan söz ediyorsa, yanılıyordu. "Bunun benimle ne ilgisi var?" diye sordu.

"Biz inanıyoruz ki, bu casus her kimse, Madrigal'larla birlikte aileni o öldürdü."

Hayır. Isabel, Nataliya'dan bahsetmiyordu. Başka biri olmalıydı. Nataliya onlara yardım etmek için onca risk almıştı.

Güçlükle yutkundu. "Nereden biliyorsunuz?"

"Yangın bir kundaklamaydı. Kasıtlı olarak çıkarıldı. Sonra da ustaca kaza süsü verildi. Araştırmaya bizzat ben başkanlık ettim. Seni şok etmek istemezdim. Ama gerçeği bilmen gerek. Kiminle dans ettiğini öğrenmelisin. Madrigal'lar hayal bile edemeyeceğin kadar acımasızdır."

"Size neden inanayım?" diye meydan okudu Amy. Bu yarışta kime güvenebilirdi ki?

Isabel'in bakışları yumuşadı. "Çünkü annen ve babanla yakındık. Onların yasını tuttum. Lucian casusunun Madrigal'larla işbirliği yaptığını fark edince, ava katılmaya karar verdim. Ian ve Natalie'yi görevden aldım. Seninle ve Dan'le işbirliği yapmak istiyorum. Size katili yakalatmanız için yardım edeceğim. Onun adalet önünde hesap vermesi için elimden geleni yapacağım."

"Kimden bahsediyorsunuz?" diye sordu Amy.

Isabel onu duymazdan geldi. "Basit bir yardımdan söz etmiyorum. Lucian'ların bütün imkânları sen ve kardeşin için seferber edilecek. Bilgi. Kaleler. Para. İpuçlarını paylaşıp yarışı birlikte kazanacağız."

"Yarış umurumda değil. Annemle babamı kim öldürdü?"

"Irina Spasky."

Güneş alçalmıştı. Koyun mavi sularında pembe ışıltılar oynaşıyordu. Arkasından gelen ışıkta, Isabel'in yüzü gölgede kalmıştı. Hatları kolay seçilmiyordu. Etrafını sarmalayan güneş ışığı sanki ondan fışkırıyordu. Amy'nin başı dönmeye başladı.

Irina onu uyarmıştı. *Seni yumuşatmak için bir yalan söyleyecek. İnandırıcı bir yalan.* Ama ya gerçekse? Belki de asıl güvenmemesi gereken, Irina'ydı. Suçunun ortaya çıkacağını anlayınca onu örtbas etmek istemişti.

"Kocam ve ben Irina'yı gençliğimizden beri tanıyoruz," dedi Isabel. "Bir zamanlar idealist bir eğitimciydi. Sonra zalim bir katile dönüştü. Ama kendi akrabalarına saldırabileceği aklıma gelmezdi. İpucu avı onun en büyük takıntısı. Üzgünüm, Amy. Bunların senin için kolay olmadığını biliyorum. Ama annenle babanın katilini öğrenmek hakkındı."

Isabel gerçekten de üzgün görünüyordu. Ela gözlerinde merhametli bir bakış vardı.

"Güçlerimizi birleştirirsek, onu alt edebiliriz. Foyasını meydana çıkarabiliriz. Irina en çok bundan korkuyor. Madrigal'lar avın seyrini kökünden değiştirdi. Onlar hakkında ne biliyoruz? Yalnızca bütün

Cahill kollarını yok etmek istediklerini. Ama kimlikleri hâlâ açığa çıkmadı. Biz bu grubun yüzlerce yıl önce, birkaç asi Cahill tarafından kurulduğuna inanıyoruz. Bütün aileyi dağıtmaya ant içmişler. Aslında bütün kolların onlara karşı birleşmesi gerek. Ama Cahill ailesi ortak bir düşmanlarına karşı bile birlik olamadı. Şimdiye dek." Isabel parmaklarını kenetledi. "Geleceği biz değiştirebiliriz, Amy. 39 İpucu'nu bulup annenle babanın intikamını alabiliriz. Bunu birlikte başarabiliriz."

"Neden?" diye sordu Amy. "Madem o kadar güçlüsünüz, bize neden ihtiyacınız var?"

"Sen ve Dan. İkiniz de fazlasıyla akıllısınız. Kardeşinin sezgileri son derece kuvvetli. Sen de zekisin. İtiraf etmeliyim ki, benim çocuklarımdan üstünsünüz. Ayrıca şunu unutma, Amy. Bir Lucian olabilirdin. Grace hiçbir kola bağlılık yemini etmemeyi seçti. Ama kardeşin ve sen bir Lucian olmak için yaratılmışsınız." Sesi boğuk ve tatlıydı. Kollarını açtı. "Size evinize dönün diyorum. En önemlisi de, size korumamızı sunuyoruz. Irina'nın numaralarının yarısını bile görmediniz. Hele Madrigal'larla hiç karşılaşmak istemezsiniz."

Amy demin o tünelde anne ve babasının katiliyle

mi birlikteydi? Rusya'daki mezar odasında Irina'nın onlara bakışlarını hatırladı. Amy onun korkunç şeyler yapabileceğini biliyordu.

Ama bir olasılık daha vardı. Irina doğruyu söylüyordu. Asıl yalancı Isabel'di.

Kimseye güvenmeyin. Bay McIntyre böyle demişti. Amy ilk kez onun ne demek istediğini anlıyordu. Yarışmanın çıtası giderek yükseliyordu. Yalanlar bıçak gibi kesiyordu.

Isabel onu endişeli bakışlarla izledi. "Ne diyorsun, Amy? Acele bir karar vermek zorundasın. Fazla vaktimiz yok."

Isabel, Amy'nin ona inanacağını nereden biliyordu? Ian onu kolayca kandırabildiği için mi? Amy, Ian'a baktı. Ian'ın yakışıklı yüzü annesine dönüktü. Amy yalnızca onun düzgün profilini görebiliyordu. Tekneye bindiğinden beri Ian bir kez olsun gözlerinin içine bakmamıştı.

Ian ona defalarca yalan söylemişti. Annesini Amy'nin kolay lokma olduğuna inandıran oydu belki de.

Ama bunun önemi yoktu. Eğer Isabel'in söyledikleri gerçekse, ne yapacaklarına Dan'le birlikte karar vermeliydiler. Onlar bir takımdı. Amy yalnız başına hareket edemezdi.

Başını kaldırdı. "Dan'le sorunlarımızı kendimiz halledeceğiz," dedi. "Teşekkürler, ama sizinle işbirliği yapmayacağız."

Isabel'in yanakları belli belirsiz kızardı. "Emin misin?" diye sordu. Üst dudağı hafifçe titriyordu. "Bu teklifi bir daha yapmam."

"Son sözüm bu," dedi Amy.

Isabel kısacık bir an duraksadı. Sonra gülümsedi. "Anlıyorum. Seni geri götüreyim."

Kalkıp teknenin kenarına tutundu. "Ama önce bu güzelim koyun tadını çıkaralım. Avustralya plajlarıyla ünlüdür. Ama bu sularda bazı ölümcül tehlikeler var. Gelgitler, zehirli denizanaları ve köpekbalıkları. Tabii köpekbalığı saldırıları oldukça nadir rastlanan bir durum. Şu köpekbalıkları ne güzel hayvanlar değil mi? Özellikle de, büyük beyazlar. Durmadan yiyecek ararlar. Hayatta tek amaçları var ve ona ulaşmak için her şeyi yaparlar. Büyük beyaz köpekbalığı bir ısırışta kolunu ya da bacağını koparabilir. Sonra kanın suya yayılır ve bu koku onu iyice çıldırtır."

Ian araya girmeye çalıştı. "Anne, lütfen..." Ama Isabel onu duymazdan geldi.

"Bir köpekbalığı kafesine girdin mi hiç? Ben girdim. Bir köpekbalığının gözlerine baktım. Ölümün ta kendisiyle göz göze gelmek gibiydi."

Isabel güvertenin ucundaki dondurucuya doğru yürüdü. Kapağı açıp büyük, beyaz bir kova çıkardı. Amy kadının kollarındaki kasları ilk kez fark etti. Isabel Kabra spora meraklıydı anlaşılan. Sonra teknenin kenarından suya bir şeyler atmaya başladı.

Amy'nin burnuna balık kokusu çarptı. Isabel'in elindeki kanlı balık parçalarını gördü. Yarım bir balık suya düştü.

Amy, Ian'ın kaskatı kesildiğini fark etti. Minderin kenarını sıkıca tutuyordu.

Isabel onlara hiç bakmıyordu. Kendi kendine gülümsüyordu.

Amy koyun durgun sularına baktı ve orada bir yüzgeç gördü. Teknenin etrafında dönüyordu. Sonra bir tane daha gördü. Köpekbalıkları kanın kokusunu almıştı.

Isabel nihayet doğruldu. Dümenin yanındaki kutudan bir kâğıt peçete aldı. Elini silip avucuna dezenfektan jel sıktı. Sonra ellerini sertçe birbirine sürttü.

"Eveeeeet," dedi neşeyle. "Kardeşinle şimdiye kadar bulduğunuz ipuçlarını söyle bakalım. Yoksa köpekbalıklarıyla yüzmeyi mi tercih edersin?"

ONUNCU BÖLÜM

Isabel Kabra'nın yüzünde en ufak bir zalimlik yoktu. En ürkütücüsü de buydu zaten. Tatlı tatlı gülümsüyordu.

"Aklını mı kaçırdın?" dedi Amy.

Ama Isabel'in delirmiş gibi bir hali yoktu. Aksine Amy o sıcaklığının altında buzdan bir kararlılık gördü. "Keşke mayonu giyseydin diyeceğim, ama..." diye mırıldandı Isabel gülerek. "Köpekbalıklarının sana ulaşması en fazla bir iki dakika sürer." Beyaz spor pabucunun burnuyla kovayı dürttü. "Karınları doyup giderler diye umuyorsan daha çok beklersin. Kova balık dolu. Bu koy da köpekbalığı kaynıyor. Konuşacak mısın?"

Amy teknenin ucuna doğru yürüdü. "Suya atlamayacağım. Unut bunu."

"Sen atlamazsan ben seni atmasını bilirim," dedi Isabel. "Uzakdoğu dövüş sanatlarında ustayım. Hem Ian da bana yardım eder."

"Anne?" Ian'ın sesi hafifçe titriyordu.

Isabel öfkeyle ona döndü. "Bana anne deme demedim mi? O kelime insanlarda yaşlı izlenimi uyandırıyor!" Kendini toplayıp Amy'ye baktı. "Oğlum yardım etsin ya da etmesin," dedi omzunu silkerek. "Seninle kendim başa çıkabilirim."

Amy'ye doğru yürüdü. Amy sırtını teknenin kenarına çarpana dek geri geri yürüdü. Köşeye sıkışmıştı.

"Küçük Amy ve küçük Dan," dedi Isabel. "Dünyayı gezmenin bir yolunu bulacakları kimin aklına gelirdi? Paris, Moskova, Venedik, Seul, Karaçi. Lucian kalesini birbirine kattınız."

Karaçi mi, diye düşündü Amy panikle. Oraya gitmemişlerdi ki.

"Rusya'da size kim yardım etti? Kaç tane ipucu buldunuz?" Isabel, Amy'nin iki yanındaki metal çubuklara tutundu. Amy onu ilk kez bu kadar yakından görüyordu. Yüzünde tek bir çizgi bile yoktu. Cildinin kusursuzluğu ona ürkütücü bir hava katıyordu. Sanki gerçek değildi. Ela gözlerinin içindeki altın pırıltılar zalimce parlıyordu.

"Suya birkaç balık daha at," diye gürledi Ian'a.

Ian yerinden kıpırdamadı.

"IAN!"

Ian ayağa kalkıp kovaya doğru yürüdü. Amy'nin göğsü sıkışmıştı. Nefes alamıyordu. Isabel ellerini parmaklıklardan çekti. Ama Amy'ye hâlâ çok yakındı. Amy olasılıkları hesaplamaya çalıştı. Suya atlayıp var gücüyle yüzse, köpekbalıklarından kaçabilir miydi?

Isabel sabırsızca Ian'a baktı. Amy o sırada göz ucuyla bir şey gördü. Isabel'in omzunun üzerinde, gökyüzünde parlak renkli bir şeyler vardı. Turuncu, mor ve pembe yamaç paraşütleri.

Kırmızı ve turuncu çizgili bir tanesi diğerlerinden daha hızlı uçuyordu. Suyun üzerinde geniş bir daire çizdi. Amy onun rüzgârı yakalayarak tekneye yaklaştığını fark etti. Sonra boşlukta sallanan bir çift beyaz ve tombul bacak gördü.

Hamilton!

Amy, Isabel'e renk vermemek için başını diğer tarafa çevirdi. Isabel, Ian'a çabuk olmasını söylüyordu. Teknenin etrafı yüzgeçlerle dolmuştu.

Hamilton alçalırken, Amy ona bakmamaya çalıştı.

Sonra Hamilton bir anlığına güneşi gölgeledi. Isabel başını kaldırdı. "Çabuk!" diye bağırdı Hamilton, Amy'ye. Amy, Isabel'in şaşkınlığından faydalanarak minderli bankın üzerine sıçradı ve Hamilton'ın ayak bileklerine tutundu.

"Vu-huu!" diye bağırdı Hamilton birlikte havalandıklarında.

Isabel, Amy'nin ayaklarını yakalamak için sıçradı. Ama Hamilton paraşütü sola doğru kaydırdı. Amy son anda ayağının burnuyla beyaz kovayı devirdi. Güverteye kanlı balık parçaları saçıldı. Isabel dengesini kaybedip kaydı. Beyaz pantolonu ve pabuçları kıpkırmızı lekelerle kaplandı.

"Sıkı tutun, Amy!" diye bağırdı Hamilton.

Ama rüzgâr onları yine tekneye doğru savurdu. Isabel kanlı eliyle Amy'nin bileğini yakaladı. Amy çığlıklar atarak onu tekmeledi.

Paraşüt yana doğru kayınca Hamilton, "Dikkat!" diye bağırdı.

Isabel yine kayıp balık parçalarının arasına düştü. Amy şimdi suyun üzerindeydi. Köpekbalıklarıyla arasında yalnızca birkaç santim vardı.

"Ha-Hamilton!"

"Bana bırak!"

Amy'nin pabucu suya değdi. Bir köpekbalığı hızla ona yaklaştı.

"HAMILTON!"

"Merak etme. Bu bebeğin motoru var!"

"NE BEKLİYORSUN? KULLANSANA!"

Hamilton motoru çalıştırdı. Paraşüt birkaç santim yükseldi. Sonra biraz daha yükseldiler.

"Tamam!" diye bağırdı Hamilton. "Kontrol bende!"

Amy'nin kolları ağrımaya başlamıştı. "Hamilton, dayanamayacağım!" Korkuyla aşağı baktı. Bu yükseklikten düşerse ne olurdu hiç bilmiyordu.

"Bekle!" diye bağırdı Hamilton. Dizlerini kırdı ve güçlü bacaklarıyla Amy'yi yukarı çekti. "Kayışlara tutun." Amy daha da iyisini yapıp elini metal çubuğa attı. Ama paraşütün dengesi bozuldu ve yan yattı. "Hey!" diye bağırdı Hamilton onu yeniden düzeltirken.

"Az kalsın düşüyorduk," dedi Hamilton. "Özür dilerim. Bu şeye ilk kez biniyorum."

"Beni kurtarmaya mı geldin? Hiç korkmadın mı?"

"Holt'lar korku nedir bilmez."

Amy birkaç paraşütün onlara yaklaştığını gördü. Eisenhower'ın suratı kıpkırmızıydı. Her zamanki gibi bağırıyordu.

"Baban ne diyor?" diye sordu Amy.

"Bilmem. Telsizimi kapadım. Galiba inmemizi istiyor. Bütün derdi seni sorguya çekmek. Avustralya'ya neden geldiğinizi bilmiyor ya? Meraktan çatlıyor. Ama siz bana bir ipucu verdiniz. Beni kandırmaya çalışmadınız. Size borçluyum."

Hamilton paraşütü koyun uzak bir ucuna doğru uçurdu. Sığ sulara yaklaştılar. "Kumsalın arkasında bir yol var," dedi Hamilton. "Oradan şehre dönersin."

"Şimdi de ben sana borçlandım," dedi Amy.

"Bir gün ödersin. Bizimkiler şu tepenin arkasında kaldı. Paraşütten atlarken dizlerini kırmayı unutma. Sonra da koş! Arkana bile bakma. Ben yine havalanacağım."

Paraşütü alçalttı. "Şimdi!" diye bağırdı ve Amy çubuğu bıraktı.

Amy havada dizlerini büktü ve kumlara yumuşak bir iniş yaptı. Hamilton yeniden yükseldi.

Amy titreyen bacaklarına rağmen yola doğru koştu. Güvende olduğunu hissedince biraz yavaşladı. Köpekbalıklarını ve kanlı suyu düşünmemeye çalışıyordu.

Ellerini ceplerine soktu. Derin bir nefes aldı. Ama gözlerinin önünden karmakarışık görüntüler geçiyordu. Yangın, kan, köpekbalıkları, Isabel'in rujlu dudakları. Başını çevreleyen alev rengi güneş ışığı.

Ayaklarına değen ıslak çimenler. Duman. Alevler. Üzerine eğilen annesi. Yüzünü avuçlarının arasına alışı...

Amy başını iki yana salladı. Bunları hatırlamak zorunda değildi. Hatırlamak istemiyordu. Anılar başını döndürüyor, onu hasta ediyordu.

Asla unutmaman gerekeni hatırlamıyorsun.

Ama ya hatırlamak istemiyorsa? Ya o anıyı sonsuza dek silmek istiyorsa?

ON BİRİNCİ BÖLÜM

Annesi mutlu değildi.

Ve bu hiç iyi değildi.

Neyse ki bu kez öfkesi şu ekşi suratlı Spasky'de patlayacak.

Natalie sırtını dikleştirdi. Üzerinde oturduğu kanepenin döşemesi satendi. Durmadan öne kayıyordu. Ama annesi başka birine çatarken bile, çocuklarının dik durmadığını fark edebilirdi. O zaman da, Natalie azarı işitirdi.

Ian yanında oturuyordu. Kardeşini deniz tutmuştu. Suratı Natalie'nin yeni sarımsı yeşil Prada cüzdanının rengindeydi.

"Hepsi senin suçun." Isabel'in bu soğuk ve kararlı

ses tonuna çocuklar aralarında *neşter* adını takmıştı. Çünkü seni keser ve kan revan içinde bırakırdı. Isabel, Irina'nın önünde ileri geri yürüyordu. Yüksek topukları süitin kalın halısında yuvarlak izler bırakıyordu. Kolundaki bileziğin altın süsleri her adımında şıngırdıyordu. "Üzerimdeki balık kokusunu çıkarmak için bir saat küvette oturmam gerekti! Bütün kıyafetimi çöpe atmak zorunda kaldım. Hepsi de Chanel'di!"

Natalie dehşetle ürperdi. Hayatta hiçbir şey marka bir kıyafetin mahvolmasından daha kötü olamazdı.

"Kızın kaçmasından bahsetmiyorum bile!" Isabel elini boynuna götürdü. Beyaz, kolsuz elbisesinin üzerine Grace'in yeşim taşlı kolyesini takmıştı. Natalie annesinin bu ucuz şeyi neden beğendiğini merak ediyordu doğrusu. Bir sürü pırlantası varken onu takması ne tuhaftı.

"Kusura bakma, ama onun benimle bir ilgisi yok," dedi Irina. "Hatırlatırım, sizinle teknede bile değildim."

Ian kaskatı kesildi. Natalie şaşkınlıkla Irina'ya baktı. Isabel öfkeliyken suyuna gitmesi gerektiğini bilmiyor muydu? Suçlamaları ne kadar haksız olursa olsun, hepsini kabul etmeliydin. Yoksa işin biterdi.

Isabel, Irina'nın üzerine yürüdü. Natalie annesinin bu bakışını tanıyordu. Irina hapı yutmuştu.

"Pardon?" dedi Isabel öfkeyle. "Sana dünyanın en basit görevini verdim. Amy'yi bul ve tekneye getir."

"Asıl sana pardon," dedi Irina. Tartışma giderek alevleniyordu. "Sonuçta Amy o tekneye bindi mi binmedi mi? Ama sen..."

"Sersem!" diye gürledi Isabel. "Amy'yi tam üçü çeyrek geçe getirecektin. Argyle Sokağı'na gelecektiniz ki, Ian dürbünle sizi görsün. Ben de tekneyi hazırlayacaktım. Hiçbirini yapmadın. On beş dakika geciktin. Holt'lara organize olmaları için vakit tanıdık. O kalın kafalılar bile eninde sonunda bir plan yapabiliyor!" Irina'nın önünde durdu. "Tam kızı sorguya çekecektim, her şeyi mahvettiler! Başarısız oldun, Irina. Bu suçun affedilemez!"

Natalie kıs kıs güldü. Irina'nın başı dertteydi ve bu durum Natalie'yi fazlasıyla eğlendiriyordu. Şu Irina nihayet patronun kim olduğunu anlayacaktı. Ian ve Natalie, Vikram'la Isabel'i temsil ediyordu. Onlar da anne ve babaları gibi Lucian'ların liderleri sayılırdı. Ama Irina bunu bir türlü kabullenemiyordu.

Isabel baş ve işaretparmaklarını kaldırdı. "Ona ipuçlarını söyletmeme şu kadarcık kalmıştı. Amy denen küçük fare korkudan tir tir titriyordu."

"Ya söylemeseydi?"

"Efendim?"

"Ya işbirliğine yanaşmasaydı? Onu köpekbalıklarına mı atacaktın?"

"Beni olasılıklarla boğma," dedi Isabel. "Ben sonuç insanıyım. Sayende Holt'ların bozgununa uğradık. Rezalet!"

Isabel yanık tenli omuzlarını silkti. Yüzüne sakin bir ifade oturttu. Aslında, Isabel'in pek de ifadeli bir yüzü yoktu. Bunun sebebi, Londra'daki plastik cerrahların müdavimi olmasıydı. Durmadan bir yerlerini gerdiriyordu. Natalie annesinin estetik merakını anlayamıyordu. Ama kırklı yaşlara geldiğinde böyle kusursuz görünmek kolay olmasa gerekti.

"Bu ilk başarısızlığın değil, Irina," dedi Isabel. "Artık eskisi gibi değilsin. Yaşlanıyorsun."

"Bir hatırlatma. Seninle aynı yaştayız."

"Ama sen eski kafalısın. Yeniliklere ayak uyduramıyorsun. Bir zamanlar, en iyi casusumuzdun. Ama kendine hemen çekidüzen vermezsen, görevden alınacaksın. Anlıyor musun? Kabra'lar yenilgi nedir bilmez."

"Lucian'lar demek istedin herhalde?"

Isabel bir an duraksadı. "Tabii ki."

"Çünkü bu yarışma Kabra'larla değil, Lucian'ların geleceğiyle ilgili."

Isabel parmaklarını bacağına vurdu. "Kesinlikle."

Irina, Isabel'i köşeye sıkıştırmayı başarmıştı. Isabel elbisesindeki hayali tozları silkeledi. Natalie annesinden bir misilleme bekledi. Yoksa hıncını onlardan çıkaracaktı.

"Ayrıca hatırlatırım," dedi Irina. "Kabra'lar yenilgiyi iyi bilir. Çocukların şimdiye kadar neyi başardı ki?"

Pis cadı, diye düşündü Natalie. Ian'ın bir cevap vermesini bekledi, ama kardeşi heykel gibi kıpırdamadan oturuyordu.

Irina gülümsedi. "Amy ve Dan Cahill onları hep yendi. Siz ikiniz, kaç ipucu topladınız? Durun, bir düşüneyim." Parmağını şakağına dayadı. "Sadece bir tane!"

"Anne!" Natalie yerinde hafifçe doğruldu. "Bizimle böyle konuşmasına izin verme!"

Irina tekrar Isabel'e döndü. "Gerçek şu ki, o ikisi beklediğimizden daha zeki çıktı. Ya anne ve babalarına neler olduğunu anlarlarsa? Eğer bu yarışı kazanmak için daha da büyük bir sebepleri olursa, iyice hırslanacaklar. Bu iş hepimiz için tehlikeli olacak."

Isabel birden yeşim taşlı kolyeyi boynundan çıkardı ve Irina'nın ayaklarının dibine fırlattı.

"Cahill çocuklarının benim için değeri bu kadar işte! Nedense kafayı Grace Cahill'e taktın. O ukala ihtiyar kendini fasulye gibi nimetten sayıyordu. O ve torunları yolumuza taş koyamayacak. Asla!"

Irina eğilip kolyeyi aldı. Parmaklarını ortasındaki ejderhada gezdirdi.

"Bunun önemli olduğunu söylüyordun," dedi Isabel. "Yine yanıldın. Sabah baktırdım. Sadece basit bir kolye. Küçük bir kızın aile yadigârı diye boynundan çıkarmadığı ucuz bir incik boncuk. Onu çalacağım diye boşuna uğraştım. Şimdi senden tek bir şey istiyorum." Cep telefonunu Irina'nın eline tutuşturdu. "Tamirci'yi ara."

Tamirci de kim, diye düşündü Natalie.

Irina hafifçe öksürdü. "Artık ona güvenebileceğimizden emin değilim."

"Tabii ki güvenebiliriz. Ondan defalarca faydalandık. Sidney'de olduğumu söyle. Daha sonra ona bir liste vereceğim."

Çantasını aldı. "Ian, Natalie. Yürüyün, alışverişe gidiyoruz."

Natalie ayağa fırladı. Sonunda!

"Kapının yerini biliyorsun, Irina."

Süitten çıktılar. Natalie annesinin hızlı adımlarına yetişmeye çalıştı. "Irina seni kıskanıyor, anne. Lider olmak istiyor, ama tam bir umutsuz vaka."

"Evet," diye mırıldandı Ian. Natalie ona ters ters baktı. Kardeşinin neyi vardı? Neden bu kadar donuktu? Böyle bir zamanda annelerine moral vermeleri gerekmez miydi?

Natalie annesine göz attı. Isabel tek kelime etmeden asansörün düğmesine bastı. "Kapa çeneni, Natalie," dedi. "Aklımı toplamam gerek."

Natalie kazağını okşadı. Kaşmirdi. Annesi her renginden almıştı. Natalie ne zaman üzülse Londra'daki gardırobunu düşünürdü. Isabel dünyanın en iyi annesiydi. Ona her istediğini alıyordu.

Isabel düğmeye bir kere daha bastı. "Resepsiyonu ara, Ian," diye bağırdı. "Bir araba hazırlasınlar. Asansörlerini de tamir ettirsinler!"

"Olur, anne."

"Bir sonraki emrime kadar ikiniz de benimle konuşmayacaksınız. Anlaşıldı mı?" O sırada asansörün kapıları açıldı. "Düşünmem gerek," dedi Isabel.

ON İKİNCİ BÖLÜM

Irina bir anda odada yapayalnız kaldı. Telefonuna baktı. Tamirci'yi araması gerekiyordu. Belki de iş için ülke dışındaydı. Ama fazla da ümitlenmek istemiyordu.

Her şehirde böyle birileri vardı. Para karşılığı bütün ihtiyaçları karşılamaya hazırlardı. Sahte pasaportlar, arabalar, patlayıcılar ya da zehirler. Lucian'lar bu tip bağlantıları önemli bulurdu. Tamirci en iyilerindendi. Asla sızlanmaz, ona verilen bütün işleri kabul eder ve soru sormazdı. Irina onunla daha önce de çalışmıştı.

Isabel ne planlıyordu? Ondan ne isteyecekti?

Irina huzursuzca odada dolandı. Isabel'in güvenini kaybetmişti. Artık bütün planlarını bilmiyordu.

Parmaklarını kolyenin yeşil taşlarında gezdirdi. Isabel'in hakaretleri umurunda bile değildi.

Kolyeyi siyah montunun fermuarlı cebine koydu. Irina duygusal bir kadın değildi. Asla da olmamıştı. Ama duygusal insanları kınamıyordu. Sevilen birine ait bir eşyayı saklamayı ve onu yakınında tutma arzusunu anlıyordu.

Yıllar önce, Nikolai'ın odasını temizlerken, onun en sevdiği pantolonunun cebinde bir şey bulmuştu. Kendi yüksek atlama birincilik madalyasını. Madalya paslanmış, kurdelesi taraz taraz olmuştu. Ama Nikolai onu yanında taşıyordu. Ona her gün dokunuyordu. Ona bakarak annesini hatırlıyordu. Annesi hep uzaktaydı çünkü. Irina'nın o güne dek, bundan hiç haberi olmamıştı.

Irina'nın kırılma ânı buydu işte. Pantolonu göğsüne bastırıp ağlamıştı. Istırapla haykırmıştı. Sonra kendini toplamış, ama bir daha asla eskisi gibi olmamıştı. Irina hâlâ yaralıydı. Oğlunu kaybetmişti.

Elini öteki cebine sokup madalyaya dokundu. Şimdi bir hatıra taşıma sırası ondaydı. Oğlunun elinin değdiği bir şeyi koruyup kollama sırası ondaydı.

Irina, Helsinki'deki sorun ciddi. Acilen oraya gidiyorsun.

Oğlum hasta. Onu bırakamam.

Isabel'in çıngıraklı kahkahası hâlâ kulaklarındaydı.

Çocuklar durmadan hastalanır.

Ama bu önemli. Doktor dedi ki…

Beni detaylarla boğma. İşini yap. Bileti havaalanından alacaksın.

Irina, Nikolai'ın altın rengi buklelerini öpmüştü. Kulağına iki gün sonra döneceğini fısıldamıştı. Anna yanındaydı. Ona bakacaktı. Anna komşularıydı. Nikolai ona bayılırdı. Hem Irina dönüşte ona hediyeler de getirecekti.

Bir maymun istiyorum, demişti Nikolai. Irina gülmüştü.

Irina Helsinki'de gizli görevdeydi. Kimseyle iletişimi yoktu. Anna'nın telaşlı mesajlarını almamıştı. Doktor ona ulaşamamıştı. Irina iki gün sonra Moskova'ya döndüğünde, dokuz yaşındaki oğlunun ölüm haberini almıştı. Elinde pelüş bir maymunla gülerek eve girmişti. Anna onu ağlayarak karşılamıştı.

Irina kararını verdi. Isabel onu aldığı her nefeste pişman olduğu bir göreve zorlamıştı. Bunun tekrarlanmasına asla izin vermeyecekti.

ON ÜÇÜNCÜ BÖLÜM

Amy, Shep'in evinin kapısını çekinerek açtı. Havayı nefis bir koku sarmıştı. Buraya dönmesi bir saatini almıştı. Yaşadıklarını sindirecek epey vakti olmuştu. Ama korkusunu içinden atamamıştı. Buzdan bir yumruk gibi boğazına tıkanıp kalmıştı.

Kapıyı kapadığında titremeye başladı. Şimdi güvende olduğu için başına gelenlerin korkunçluğunu yeni yeni kavrıyordu. Ya Hamilton onu kurtarmasaydı? Suya düştüğünü hayal etti. Köpekbalıklarının etrafında döndüğünü. Siyah, donuk bakışlarını üzerinde hissetti.

Titremesi o kadar artmıştı ki, bir adım bile atamıyordu.

Nellie saçlarını sarı bir bandananın içinde toplamış, yemek pişiriyordu. Shep açık mutfağın önündeki verandada mangalı yakıyordu. Dan tek başına langırt oynuyordu. Masanın iki kenarı arasında mekik dokuyordu.

Nellie başını kaldırdı. Önce gülümsedi, ama Amy'nin halini fark edince yüzü endişeyle çarpıldı.

Elindeki tahta kaşığı fırlatınca, ocağa domates sosu saçıldı. Amy onu suya yayılan kana benzetti. Başı dönüyor, kulakları uğulduyordu. Oda fırıldak gibi dönmeye başladı.

Tam dizleri boşalmıştı ki, Nellie onu yakaladı.

"Dan! Bir battaniye kap, gel!" Nellie'nin sesi sakindi, ama bütün evde yankılandı. Amy'yi kanepeye taşıdı.

Dan battaniye bulamayınca deri ceketi getirmişti. Amy ona sarıldı.

"Amy, neyin var?" diye sordu Dan telaşla.

"Merak etmeyin. Yaralanmadım. Ama beni köpekbalıklarının arasına atsaydılar, ne yapardım bilmem. Neyse ki, Hamilton paraşütle imdadıma koştu."

"Bir dakika, ne?" diye bağırdı Nellie. Dan de aynı anda, "Köpekbalıkları mı?" diye cıyakladı.

Amy, Irina'nın onu Isabel'e karşı uyardığını anlattı. Ama kendini yine de o teknede bulmuştu. Isabel'in Lucian'ların himayesine girmelerini teklif ettiğini, ama hayır dediğini söyledi. Isabel'in reddedilince, ona ne yaptığını anlatmaya başladığında, Nellie bembeyaz kesildi. İşin tuhafı, Amy anlattıkça titremesi geçmişti. Şimdi kendini daha iyi hissediyordu.

Amy onlara her şeyi anlattı. Irina'nın verdiği biberiye ipucunu da söyledi. Ama en önemli detayı atladı. Ian, Irina ve Isabel'in ona Arthur ve Hope'un öldürüldüğünü söylediğini. Ve Isabel'in bu cinayetten Irina'yı ve Madrigal'ları sorumlu tuttuğunu.

Dan kendini kanepeye attı. "Vay canına. Hepsini kaçırmışım. Orada olsaydım, Isabel Kabra bizi suya atamazdı. Biz onu iterdik. Ya da onu bir oltanın ucuna takıp köpekbalıklarına yem ederdik! Ian'ı da tabii."

"Dan," dedi Nellie sertçe. "Bu bir oyun değil."

Otuz dokuz ipucu kardeşine bir oyun gibi geliyor. Öyle değil mi?

Dan ayağa fırlayıp bir yamaç paraşütüyle uçar gibi sağa sola koşturmaya başladı. Bir yandan da ağzını açıp kapayarak köpekbalığı taklidi yapıyordu. Amy onu izlerken bir karar verdi. Ona anne ve babalarıyla ilgili gerçeği söyleyemezdi. Kardeşinin şakalarla gizlediği yumuşak bir noktası vardı. Anne ve babasını daha ufacıkken kaybetmişti. Onları hayal meyal hatırlıyordu. Amy bunu kendine saklayacaktı. En azından bir süreliğine.

Grace'in kolyesini çaldırdığını unutarak elini boynuna attı. Kolyenin yokluğu kendini her zamankinden de daha yalnız hissetmesine sebep oldu. Bir şeyler hatırlaması gerektiği hissi, üzerinde müthiş bir baskı yaratıyordu. Bunu da Dan'den gizlemeliydi.

Ona ablalık taslamamdan nefret eder. Ama ben yine de onun ablasıyım.

Nellie elini Amy'nin dizine koydu. "Açsın değil mi? Yemeğini ye, bak nasıl toparlanacaksın." Kalkıp mutfağa gitti.

Amy cekete daha sıkı sarındı. Astarından *cart* diye bir ses gelince, Amy üzüntüyle inledi. Annesinden geriye kalan tek hatırayı da yırtmıştı! Astarı yoklarken bir hışırtı duydu. Amy heyecanla doğruldu. Yakından baktığında astarın yırtılıp tekrar dikildiğini gördü. Söküğe elini soktu ve içindeki not kâğıdını çıkardı.

"O ne?" diye sordu Dan.

"Astarda buldum. Eski bir not." Amy yüksek sesle okudu:

28 Haziran 1937

Şimdiye kadar girebildiğim bütün kalelere kargaşa hâkim. Ufukta savaş görünüyor. Natal'dan Karaçi'ye hiçbir yer güvenli değil. Bizden korkuyorlar ki, bu iyi haber.

Bandung'dan ayrılıp Darwin'e uçtum. Yükümüzü hafifletmek için paraşütleri geri gönderiyoruz. Bu ceketi de onların yanına koyuyorum. GP onu sana ulaştıracağını söyledi. Bugün Lae yolcusuyuz. Sonra Pasifik'i geçip Howland'e gideceğiz.

Suikastçımız, H'yi ne yazık ki bulamadım. Nerede olduğuna dair bir bilgi de edinemedim. Bandung'dan Batavia'ya geçip bağlantımızı buldum. Yerliler ona bir adamdan söz etmiş. Yüzünde yaralar olan, beyaz bir adamdan. Vücudu sağlammış, ama aklını kaçırmış. Başına gelenlere dayanamadı herhalde.

Darwin'deki bağlantımız fos çıktı. Beyefendi, ki bu kelimeyi öylesine kullanıyorum, yoksa şarlatanın teki, meğer kendi çıkarının peşindeymiş.

Bilmece gibi konuşup durdu. Bana bir yüzük satmaya bile kalkıştı. Şans getirir dedi. Ben de belki bilgi toplamama yardımcı olur diye aldım. Ama olmadı. H'yi tanıyor musun diye bir kez daha sordum. İkimiz de aynı çukurdayız, dedi. Sonra güldü. Hepsi bu. Bana işe yarar tek bir bilgi bile vermeyip paramı almak hoşuna gitti tabii.

Gökyüzü beni bekler. Bundan sonra kalelere sızmak yok. AE

"Anlamıyorum," dedi Dan. "AE de kim? Avustralyalı bir pilot falan mı?"

"Bekle," dedi Amy. Birden heyecanlanmıştı.

Shep'in kitaplığına koştu. Oraya daha önce bakmıştı tabii. Shep'in hemen hemen bütün kitapları havacılık tarihi ve uçaklarla ilgiliydi. Amy az sonra aradığını buldu. Kitabı sörf tahtasından sehpaya fırlattı.

Dan eğilip baktı. "Amelia Earhart mı?"

"Bunu yazan o olmalı. Son uçuşu ile nottaki tarih uyuşuyor." Amelia Earhart, Amy'nin çocukluk kahramanlarındandı. Amy sekiz yaşındayken, Grace ona Earhart'ın biyografisini vermişti. "Müthiş bir kadındı. Atlantik'i yalnız başına geçen ilk kadın pilottu.

Hız ve irtifa rekorları kırdı."

Amy kitabın içerik sayfasını açıp Earhart'ın son uçuşunu buldu. "Bak. 28 Haziran 1937'de, Avustralya, Darwin'deymiş. Dünyanın etrafını dolaşan ilk kadın olmak istiyordu. Burada da, diğer duraklarının listesi var." Anne ve babasının seyahat listesiyle Earhart'ınkini karşılaştırdı.

"Birebir uyuşuyorlar!" dedi Dan. "İyi, ama annemle babam bunca yıl sonra neden Amelia Earhart'ın rotasını izledi?"

"Aralarında tam altmış yıl var," dedi Amy. "Isabel Karaçi'deki Lucian kalesinden bahsetti. Bahse girerim, bütün bu şehirlerde diğer kolların kaleleri var."

"Earhart, Darwin'den ayrıldıktan sonra ne olmuş?"

"Yakıt ikmali için Yeni Gine'ye uçmuş. Lae'ye. Sonra Howland'e gitmek için yola devam etmiş. Howland Pasifik'te avuç içi kadar bir ada. Ama oraya ulaşamamış. Uçağı kaybolmuş. Enkazı da bulunamamış. Kurtulduğuna dair bazı söylentiler var. Ama yaygın görüşe göre, adanın yerini iyi hesaplayamadı ve yakıtı bitince uçağı düştü. Ama bu nota bakılırsa, bambaşka bir amacı vardı. Earhart da bir Cahill'di!"

"Ya GP kimdi?"

Amy kitabı karıştırdı. "George Putnam olmalı.

Kocası. Paraşütleri geri yolladılar, çünkü suda bir işlerine yaramayacaklardı. Ama ceketi kime emanet ettiyse, o kişi onu kocasına ulaştırmadı. O zaman için bile, değerli bir hatıraydı tabii. Herhalde ceket Darwin'de kaldı. Annem de belki onu duymuştu ve..."

"*Suikastçımız, H* dediği Bob Troppo olabilir mi?" diye sordu Dan. "Troppo, Mark Twain'e bastonuyla vurduğu için böyle demiştir belki. Hem yara izlerinden bahsediyor."

"Kesin odur," dedi Amy. "Cahill'ler Troppo'yu uzun zamandır arıyor. Neden acaba?" Mektubu bir kere daha okudu. "Bandung'un nerede olduğunu biliyor musun?"

Shep pişen balıkları mutfağa getirmişti. "Java Adası'nda," dedi. "Jakarta yakınlarında. Endonezya'da."

"Earhart'ın Darwin'den önceki durağı," dedi Amy.

"Bizden korkuyorlar demiş," diye atıldı Dan. "Onlar kimdi ki?"

Amy kardeşinin gözlerinin içine baktı. "Cahill'lerin korkulu rüyası kim?"

"Madrigal'lar."

"Isabel, Madrigal'ların asi Cahill'ler olabileceğini

söyledi. Kollarından ayrılıp yeni bir grup kurmuşlar. Gizli bir topluluk gibi. Kimsenin kim olduklarını bilmemesine şaşmamak gerek. Sadece onlardan korkuyorlar." Amy kaşlarını çattı. "Ama Amelia Earhart bir Madrigal olamaz. O bir kahramandı. Bir kâşif. Hırsı yüzünden kendi koluna sırt çevirdiğine inanamam." *Ya da bir gün anne ve babamı öldürecek bir gruba üye olacağına. Tabii eğer söylenenler doğruysa.*

Dan kaşlarını çattı. "Belki de usta bir yalancıydı. Pekâlâ. Elimizde Amelia Earhart, kolların merkezleri ve isimsiz bir çatlak var. Belki H'dir. Bob da olabilir tabii. Ve ben hâlâ Avustralya'da ne yaptığımızı bilmiyorum. Bizimkilerin burada ne işi vardı? Sidney'e neden geldiler? Amelia Earhart buraya hiç uğramamış."

"Bana sorarsan, buraya Shep'le buluşmaya geldiler. Yola onun uçağıyla devam ettiklerinde izlenme olasılıkları azalacaktı."

Amy, Shep'e seslendi. "Bizimkilerin Adelaide'a neden gittiklerini biliyor musun, Shep?"

"Tabii. Darwin'den önce yakıt ikmali yapmamız gerekiyordu. Birkaç seçeneğimiz vardı. Onlar Adelaide'ı seçti."

Balık tabağını masaya bıraktı.

"İşinize burnumu sokmak istemem, ama içimden bir ses bana bütün hikâyeyi anlatmadığınızı söylüyor. Bugün olanlara bakın. Bir grup fazlasıyla iri Amerikan sörfçüsünün saldırısına uğradık. Amy saatlerce ortadan kayboldu. Geri döndüğünde ruh gibiydi. Şimdi de görünüşe bakılırsa, Amelia Earhart sulu mezarından sizinle konuşuyor. Neler oluyor, çocuklar? Birlikte Avustralya'da uzun bir geziye çıkacağız ve ben sizin kuzeninizim. Bunu bilmek hakkım."

"Kesinlikle," dedi Dan. "Amy'yle ben US Mint'i soyan bir hırsız çetesinin üyeleriyiz. Bir milyar dolar değerinde altın çaldık. Amy'yle beni ufak tefek olduğumuz ve havalandırma kanallarından kolayca geçebildiğimiz için seçtiler. Altınlarla birlikte kaçtık ve şimdi herkes peşimizde. Ama bilmedikleri bir nokta var. Biz aslında Amerikan Başkanı için çalışıyoruz."

"Ya Amelia Earhart?"

"O da gizli bir görevdeydi. Büyük miktarda altını sualtında gizli bir kaleye sakladı. Ayrıca onu arıyoruz."

Shep başını salladı. "Şimdi anlaşıldı. Beni aydınlattığın için sağ ol, Dan. Artık yemek yiyebiliriz."

Amy o gece uyuyamadı. Gözlerini her kapadığında, Irina'nın karanlıkta mavi ateşler gibi parlayan bakışlarını görüyordu.

Annen seni yalnız başına bırakıp sadece kocası için yanan bir eve girer miydi?

O geceyi ondan dinlemek zorunda değilsin. Sen zaten oradaydın. Hafızanı yokla yeter.

Göğsünde o kadar büyük bir baskı hissediyordu ki, nefes alamıyordu. Neden bu kadar korkuyordu? Isabel ona neden tanıdık geliyordu ve bu onu neden dehşete düşürüyordu?

Nellie yanında horluyordu. Dan pencerenin önündeki divanda, yorganın altında tortop olmuştu. Deri ceket Dan'in yanındaki koltukta duruyordu. Amy kalkıp onu giydi. Ceketin Amelia Earhart'a ait olmasından kaynaklanan o ilk heyecanı sönmüştü. Geriye sadece annesine ait bir eşyaya dokunma ihtiyacı kalmıştı. Yanağını ceketin yakasına dayadı.

"Onları özlüyorum," diye fısıldadı Dan uykulu bir sesle. "Doğru dürüst hatırlayamadığın iki insanı nasıl özlersin?"

"Ben de özlüyorum," dedi Amy usulca. "Burada olmak garip geliyor. Düşünsene, bir zamanlar onlar da buradaydı. Bu evde."

"Evet. Sanki her an şu kapıdan içeri girecekler gibi."

Amy de aynı duygular içindeydi. Burada kendini anne ve babasına daha yakın hissediyordu. Uzun zamandır ilk kez nefeslerini ensesinde duyuyordu. Üstelik Dan'le ikisi kendi dünyalarından kilometrelerce uzaktaydı.

Dan esnedi. "Bizi bırakıp gittiler. Hem de bir ay," dedi mayışık bir sesle. "Sence de çocuklarından ayrı kalmak için biraz fazla uzun bir süre değil mi?"

"Herhalde çok önemli bir durum vardı."

"Aslında onların da ipuçlarını aradıklarına seviniyorum," dedi Dan ve tekrar esnedi. "Bütün bunlar bittiğinde Shep bizim babamız olsa süper olmaz mıydı? Buraya taşınabiliriz..."

"Bilmiyorum, Dan. Shep'in birilerine babalık edebileceğinden emin değilim."

"Kimse baba olana kadar babalığın ne demek olduğunu bilmez ki. Hem yeniden Kanlı Beatrice'in eline düştüğümüzü düşünsene."

Amy hiçbir şey düşünemiyordu. Bütün bunların nasıl biteceği konusunda hiçbir fikri yoktu. Ama Dan bir bakıma haklıydı. Beatrice teyzenin yanına döndüklerini hayal bile edemiyordu. Okula ya da Boston'a döndüğünü de öyle.

Artık oraya ait değillerdi.

Artık hiçbir yere ait değillerdi.

Birkaç dakika sonra, Dan'in nefesleri derinleşti. Amy, Nellie'yle paylaştığı çekyata geri döndü. Yorganı başına çekti ve annesinin ceketine sarılarak uyudu.

Amy rüyasında annesini gördü. Onun elini tutuyordu. Şöminede ateş yanıyordu. Sonra birden alevler kontrolden çıktı. Bahçeye kar gibi küller yağmaya başladı.

"Çocukları çıkar!"

Amy sıçrayarak uyandı. Hava hâlâ karanlıktı. Nellie'nin yumuşak nefes alıp verişlerini duyabiliyordu.

Sonra zihninde bir anı canlandı.

Banyo yaptıktan sonra hemen uyumamıştı. Küçük, yeşil, başucu lambasını yakıp eline bir kitap almıştı. Bazen okurken uyuyakalırdı. Anne ve babasının bundan haberi yoktu. Ama Grace biliyordu. Grace ona kitap okuması için daima izin verirdi.

Onun için, Amy misafirlerin seslerini duymuştu. Aşağıda mırıl mırıl konuşuyorlardı. Sonra sesler yükseldi. Amy yatağında doğrulup kulak kesildi. Üzerinde annesinin uzun bir seyahatten getirdiği koalalı geceliği vardı. Anne ve babasının sesleri bir tuhaftı. Amy onları ilk kez bu kadar sert konuşurken duyuyordu.

Dayanamayıp merdivenlerden aşağı süzüldü. Koridordan geçip babasının çalışma odasına gitti. Anne ve babasını göremedi. Yabancılar etraflarını sarmıştı. Oda loştu, ama şömine yanıyordu.

Kaleler saldırıya uğradı...

Siz neredeydiniz...

Babasının sesi: Bizimki bir iş gezisiydi. Sizinle ilgisi yoktu.

Hepimiz sakin olalım. Biz yalnızca bizim olanı istiyoruz.

Neredeydiniz...

Söyleyin, yoksa...

Yoksa ne? Burası benim evim. Beni tehdit etmeye nasıl cüret edersin?

Annesinin sesi buz gibiydi. Amy korkmuştu. Kapıda durmaya dayanamayıp aralarına dalmıştı. "Anne!"

Ama annesi onu kucağına almadan başka biri ondan önce davranmıştı. Buram buram parfüm kokuyordu. Ve bir de makyaj malzemelerinin kokusu vardı. Çok güzel bir kadındı. Badem biçimli gözleri bal rengiydi.

Amy o gözlerin içinde şöminenin alevlerini görmüştü.

"Bu da kim? Ne şirin bir gecelik! Minik ayıcıklar!"

"Koala," *diye düzeltmişti Amy, çünkü bu kelimeyi yeni öğrenmişti ve her fırsatta kullanıyordu.*

Güzel kadın onu hafifçe sıkmış ve Amy'nin kafasının üzerinden annesiyle babasına gülümsemişti.

"Yoksa bunu çıktıkları o geziden mi getirdiler?"

Kadın onu sıkıca tutuyordu. Amy yere inmek için hafifçe debelendi, ama kadın onu bırakmadı.

Annesi onlara korkuyla bakıyordu...

Amy çekyatta doğruldu. Titriyordu.

Gerçekler yüzüne bir tokat gibi çarptı.

Onu kucaklayan kadın Isabel Kabra'ydı. Odada başka kimler vardı? Amy hatırlamak için kendini zorladı. O zaman, hiçbirini tanımıyordu. Yüzlerine bakmaya çekinmişti. Annesiyle babası uzun bir geziden yeni dönmüştü, ama nereye gittiklerini bilmiyordu. Odadaki insanlar da bunu öğrenmeye çalışıyordu. Ama sonra yedi yaşındaki Amy geceliğiyle yanlarına gelmiş ve anahtar kelimeyi söylemişti: *koala.*

Ve annesiyle babasının düşmanları cevaplarını almıştı.

Amy onlara istemeden ihanet etmişti.

ON DÖRDÜNCÜ BÖLÜM

"Günaydın, uykucular!" diye bağırdı Shep neşeyle. "Kahveyi demledim. Kahvaltımızı edip yola koyulalım. Hey! Kime diyorum?"

Hava hâlâ karanlıktı. Shep ışığı yaktı.

"Ben uyuyacağım," diye homurdandı Nellie.

Dan yorganını açıp doğruldu. "Hemen geliyoruz."

Nellie kafasını yastığına gömüp uyumaya devam ederken, Amy kalkıp banyoya gitti. Yüzüne soğuk su çarpıp aynaya baktı.

Herkes anneleriyle babalarının nereye gittiğini öğrenmişti. Bu önemliydi. Avustralya cevabı bir şeylerin fitilini ateşlemişti. Yangını ondan çıkarmışlardı.

Bütün suç Amy'deydi.

Isabel'in zaferle gülümseyişini hatırladı. Amy kıvranmaya başladığında onu daha da sıkı tutmuştu. Bu bir tehditti.

Isabel *istersem çocuklarınızı da yok edebilirim* mesajı veriyordu.

Amy gözlerini kapadı. Annesinin yüzündeki korku ve öfkeyi görür gibi oldu. Ellerini lavabonun kenarına dayadı.

Hepsi benim suçum. BENİM SUÇUM!

Dan kapıyı yumrukladı. "Hop! Küvette uyuya mı kaldın?"

Amy kapıyı açıp kanepeye doğru yürüdü. Bir robot gibi eşyalarını toplamaya başladı.

Nellie'nin ona yan yan baktığını fark etti, ama her seferinde gözlerini kaçırdı. Eğer bunlardan birine bahsederse, dayanamayıp ağlamaya başlayacağından korkuyordu.

Annemle babam benim yüzümden öldü.

Araştırmak. Bu ona her zaman yardımcı olmuştu. Eğer dikkatini başka bir probleme yöneltebilirse, hatırlamak istemediklerini unutabilirdi.

Shep krep yaparken Amy, Dan'in dizüstü bilgisayarını açtı. Amelia Earhart ve Darwin hakkında araştırma yapmaya başladı. Fotoğraflara bakarken,

Earhart'ın Darwin Havaalanı'nda çekilen bir fotoğrafına rastladı. Amelia bir binanın basamaklarını çıkıyordu. Elinde ceketi ve bir defter vardı. Belki de mektubu yazdığı defterdi. Amy fotoğrafı büyüttü. Amelia'nın serçeparmağında beyaz taştan bir yüzük vardı. Amy, Amelia'nın Bandung'da çekilen fotoğrafına geri döndü. Onda yüzük yoktu. Bu yüzük ona o tuhaf adamın sattığı olmalıydı.

Amy fotoğrafı biraz daha büyütmeye çalıştı, ama görüntü bulanıklaştı. Dan yanına gelip ekrana doğru eğildi.

"Ne yapıyorsun?"

"Bilmem," dedi Amy. "Şu yüzüğe bak. Darwin'den satın aldığı yüzük olmalı. Büyütmeye çalıştım, ama olmadı. Sence o adam Amelia'ya bu yüzüğü neden sattı?"

"İyi şans getirmesi için olmadığı kesin," dedi Dan. Çıkardığı seslerle bir uçağın irtifa kaybederek düşmesini taklit etti. Amy suratını buruşturdu.

"Beyaz bir taşı var."

"Büyük ihtimalle, opal," dedi Nellie ekrana göz atarak. Ve banyoya doğru yürümeye devam etti.

"Öyle olmalı," dedi Shep. "Dünyadaki bütün opallerin yüzde doksanından fazlası Avustralya'dan çıkıyor. Opal ticareti daha o zaman bile gelişmişti."

Amy düşüncelere dalmıştı. "Adam ona, *ikimiz de aynı çukurdayız*, demişti."

Shep sırıttı. "Çukur mu? Coober Pedy olmasın? Aborijin dilinde çukurdaki beyaz adam anlamına gelir."

"Coober da kim?"

"Bir kasaba, tatlım," dedi Shep. "Binaların çoğu yeraltındadır, çünkü hava çok sıcak. Orası Avustralya'nın en sıcak yerlerinden biri. Ayrıca dünyanın opal başkenti."

"Nerede bu kasaba?" diye sordu Dan.

"Adelaide'ın biraz kuzeyinde. Arabayla dokuz saat kadar."

Biraz mı? Ama belki de bu, Avustralya için kısa bir mesafeydi. Amy heyecanlanmıştı. Bir ipucuna yaklaştıklarını hissedebiliyordu. Dan de aynı duygular içindeydi.

"Annemizle babamız Adelaide'da ne kadar kaldı?" diye sordu Dan.

"Durun bakayım." Shep gözlerini kısıp düşündü. "Perth'ten bir turist grubu aldım ve onları Alice Springs'e ve Uluru'ya uçurdum. Yoksa Shark Bay'le Ningaloo muydu? Emin değilim doğrusu. Ama toplamda üç dört gün yoktum. Sonra Adelaide'a dönüp Hope'la Arthur'u Darwin'e götürdüm."

Amy'yle Dan birbirlerine baktı. Yüksek sesle söylemelerine gerek yoktu. İkisi de biliyordu. Anneleriyle babaları Adelaide'dan arabayla Coober Pedy'ye gitmişti. Shep'i bu işe daha fazla karıştırmak istememişlerdi. Yoksa başı derde girebilirdi. Amy'yle Dan birbirlerine bakıp başlarını salladı.

Shep elindeki spatulayı çocuklara doğru salladı. "Şunu nasıl yapıyorsunuz? Tek kelime bile etmeden anlaşmayı nasıl beceriyorsunuz?"

Çocuklar yine birbirlerine baktı. *Ona güvenmediğimizden değil. Ama annemizle babamız haklıydı. Ne kadar az bilirse o kadar iyi.*

"Bak, yine yaptınız! Ne konuşuyorsunuz?" Shep ellerini beline dayadı. "Durun bir dakika. Sizi Coober Pedy'ye uçurmamı istiyorsunuz. Doğru mu?"

Dan masumca gülümsedi. "Krepler yanıyor."

Hafiften yanık kreplerle yaptıkları kahvaltıdan sonra, eşyalarını Shep'in cipine yüklediler ve pistin yolunu tuttular. Sidney'in dış mahallelerinden çıkıp dar bir yoldan tepelere doğru tırmanırken, güneş daha yeni doğuyordu. Shep büyük, demir bir kapının önünde durup bir şifre tuşladı. Kapı açıldı ve içeri girdiler.

"Tebrikler," dedi Shep. "Pistin güvenliğinden geçtiniz."

Cipi park edip bir uçağı işaret etti.

"Biraz şey değil mi..." diye mırıldandı Amy. "Küçük?"

"Küçük mü?" dedi Shep. "On dört kişilik yolcu kapasitesi var."

"Pilotlukta epey deneyimlisin herhalde?" dedi Nellie. "Yani bu işi biliyorsun, öyle değil mi?"

Shep omzunu silkti. "Birkaç kere düşmekten kıl payı kurtulduk. Onun dışında bir sorun olmadı." Kıkırdayarak hangara doğru yürüdü.

Nellie uzun uzun esnedikten sonra "Kuzeniniz pek komik," dedi.

"Gelin, uçağa bakalım," diye önerdi Dan.

Uçağın çevresinde bir tur attılar. Sonra Nellie kokpite girdi. Dan de onu izledi. Amy dışarıda kalıp az sonraki yolculuğu hayal etmeye çalıştı. Gece gece bir helikoptere binmiş ve çok korkmuştu. Bir de Hamilton'ın yamaç paraşütüyle yaptığı şu yolculuk vardı tabii. Ama nedense bu küçük uçak onu daha da çok endişelendiriyordu. Belki de uçağın ne kadar ufak ve Avustralya semalarının ne kadar geniş olduğunu düşünecek vakti bulduğu içindi.

Shep hangardan çıkıp onlara doğru yürüdüğünde, Amy daha da gerildi. Pilotların üniforma giymesi gerekmez miydi? Shep'in üzerinde yanları cepli, bol bir şort ve akçaağaç şurubu lekeleriyle dolu bir tişört vardı.

"Bu-bundan emin miyiz?" diye kekeledi Amy uçağa bindiğinde.

Dan güldü. "Dalga mı geçiyorsun?"

Nellie kokpitin camından bakıyordu. Cevap bile vermedi.

"Nellie?"

Amy onun bakışlarını izledi. İlerideki çalılıkların arkasında bir toz bulutu gördü.

Shep de uçağa binince içerisi daha da dar görünmüştü.

"Bir *vili vili*," diye bağırdı Dan.

Amy şaşırdı. "Ne?"

"Bir tür hortum, ama zararsızdır," dedi Shep. "Ama bu bir *vili vili* değil. Onlara buralarda pek rastlanmaz. Bence bu bir kamyonet. Hızlı gittiği için toz kaldırıyor. Herkes kemerlerini bağlasın. Birazdan kalkıyoruz." Kulaklığını taktı.

Dan kemerini bağlarken hayal kırıklığına uğramış görünüyordu. Nellie hâlâ toz bulutuna bakıyordu. "Kamyonet değil. Bir Hummer. Artık gidebilir miyiz?" Sesi sabırsızdı.

"Uçuş öncesi kontrolleri yapmam gerek," dedi Shep. Bu sırada, Hummer demir kapıdan geçti. Shep motor sesinden onun gürültüsünü duymuyordu.

"Biraz acele edebilir miyiz?" diye sordu Amy. Shep onu duyamasa da, başparmağını havaya kaldırdı.

Hummer'ın direksiyonunda Isabel Kabra vardı. Cipi ani bir frenle durdurdu. Amy onun elini gözlerine siper ederek kokpite baktığını gördü.

Bu arada, uçağın pervanesi usulca dönmeye başladı.

"Hazır mısınız?" diye seslendi Shep. Uçağın burnu piste doğru döndü.

Isabel kafasını arkaya attı. Büyük, siyah bir güneş gözlüğü takmıştı. Amy onun bal rengi gözlerindeki ışıltıyı hayal etti.

Uçak pistte ilerlemeye başladı.

Amy, Dan ve Nellie, Hummer'ın tekrar hareket edişini izledi. İşin tuhafı, cip ters yöne doğru ilerledi.

Ama sonra Isabel'in pistin yanındaki tarlaya daldığını gördüler.

"Bunun burada ne işi var?" dedi Shep.

"Belki gezintiye çıkmıştır," dedi Nellie.

Uçak hızlandı. Amy koltuğunda gevşedi. Isabel onları elinden kaçırmıştı. Kim bilir ne kadar öfkelenmişti?

"Oh olsun," diye mırıldandı Dan.

Bu arada, Isabel birden piste çıktı.

"Hey, neler oluyor?" diye bağırdı Shep.

Hummer hızlanmıştı. Onlara doğru geliyordu. Amy arka koltuktaki Ian'la Natalie'nin korku dolu yüzlerini gördü. Natalie'nin ağzı beş karış açıldı.

"Bundan sonra duramam," diye bağırdı Shep. "Kalkmak zorundayım."

"Hiç durma, yürü!" diye bağırdı Nellie.

Uçak Hummer'la çarpışmasına saniyeler kala havalandı.

Amy son anda Isabel'in yüzünü gördü. Son derece sakindi. Natalie bağırıyordu. Isabel onları durdurmak için çocuklarının hayatını tehlikeye atmıştı.

Yeterince yükseldiklerinde Shep kulaklığını çıkardı. "Kimdi o?" diye bağırdı. "Az kalsın bizi öldürecekti."

"Bilmem," dedi Dan safça. "Sen kim olduğunu görebildin mi, Amy?"

"Hayır. Yüzüne güneş vuruyordu."

"Ben de göremedim, ama çok korkunçtu," dedi Nellie.

"Havaalanı güvenliğini arayacağım. O manyağı tutuklasınlar," dedi Shep. Tekrar kulaklığını takıp mikrofonla konuşmaya başladı.

Dan'le Amy birbirlerine baktı. Kimse Isabel Kabra'yı tutuklayamazdı. Şüphesiz, peşlerinden gelecekti.

ON BEŞİNCİ BÖLÜM

Kıyı şeridi boyunca uçuyorlardı. Altlarında camgöbeği deniz ve altın rengi kumsallar vardı. Amy'nin üzerine bir ağırlık çökmüştü. Az sonra, uykuya daldı. Dan buna hiç şaşırmadı. Ablası bir gün içinde köpekbalıkları ve zehirli iğnelerle baş etmek zorunda kalmıştı. Yorulması normaldi.

Bir saat sonra, Dan de aşağıdaki güzel manzaradan bıktı. Kanguruları görme ümidiyle gözlerini ayırmadan camdan dışarı bakıyordu. Amy beş yaşındayken onu Barbie bebeklerine bakıcılık yapması için zorladığından beri hiç bu kadar sıkılmamıştı. Avustralya'ya neden Aşağı Kıta deniyordu acaba? Az kalsın ablasını uyandırıp soracaktı, ama sonra vazgeçti.

O sırada hoparlörden Shep'in sesi geldi. "Eviyenin altındaki dolapta yiyecek bir şeyler olacaktı."

"İşte şimdi kalbimi kazandın, dostum," dedi Dan. Ama Shep onu duymadı. Dan yerinden kalkıp eviyeye doğru yürüdü.

Amy uyandığında, kızıl renkli toprakların üzerinden geçiyorlardı ve Dan Avustralya abur cuburlarıyla haşır neşir olmakla meşguldü.

Amy esnedi. "Çok uyudum mu?"

Dan ağzına bir patates cipsi attı. "Ohooo. Hem de nasıl. Şundan bir tane alsana." Cips paketini Amy'ye uzattı. "Tavuk aromalı. Nefisler. Aç mısın? Hamburger aromalılar da var. Avustralyalılar ağızlarının tadını biliyor. Hele şu çikolata! Muhteşem!"

"Daha fazla yeme, tıkanacaksın," diye seslendi Nellie. Dan'in havaalanından aldığı hasır şapkayı takmıştı. "Belki indiğimizde bir yere gidip bir şeyler atıştırırız."

Dan güldü. "Sen benim tıkandığımı ne zaman gördün? Orada da yerim."

Amy gözlerini devirdi.

Shep esneyerek gerindi.

"Yorulduysan, ben kullanabilirim," diye önerdi Nellie. Shep ona şaşkın şaşkın bakınca açıkladı.

"Gençliğimden beri uçuyorum. Pilot lisansım var."

"Gençliğimden beri derken? Altı aydır filan mı?"

Nellie sırıttı. "Bana güvenebilirsin. Beş yüz saatlik uçuş tecrübem var. Aletli uçuş. Gece uçuşu."

O ve Shep havacılıktan söz etmeye başlayınca, Dan, Amy'ye doğru eğildi.

"Nellie'nin pilot olduğunu biliyor muydun?"

Amy başını iki yana salladı. "Hayır. Hiç söylemedi. Herhalde fırsat olmadı."

"Bizim Nellie gerçekten de sürprizlerle dolu."

Bir an kuşkuyla birbirlerine baktılar. Ama sonra bunu bir kenara bıraktılar.

Uçağın kontrolünü Nellie ele aldı. Shep bir süre onu izledikten sonra çocukların yanına geldi. Kollarını göğsünde kavuşturup onlara dik dik baktı.

"Burnuma kötü kokular geliyor. Şu Hummer. İçimden bir ses onu kullananı tanıdığınızı söylüyor. Oraya o şekilde gelip yolumuzu kesmeye çalışması hiç normal değildi."

Dan suratına masum bir ifade oturttu. "Bilerek mi yaptı diyorsun?"

"Bana söylemek istediğiniz bir şey yok mu? Avustralya'ya neden geldiniz, çocuklar?"

Dan pes etmiş gibi iç çekti. "Tamam, hepsini anlatacağım."

Amy ona *sakın* dercesine baktı.

Dan anlatmaya başladı. "Massachusetts'te, Amy'yle ben bir gece gizlice okulumuza girdik. O kadar da büyütülecek bir şey değildi. Ama müdür yardımcısı, Mortimer C. Murchinson meğerse bir uzaylıymış. Geceleri suratını çıkarıp çekmecesine koyuyor ve sekiz kollu, iki metrelik, dev bir yaratığa dönüşüyormuş..."

"Ve Boston Celtics'te basketçiymiş," dedi Shep derin bir iç çekerek. "Şimdi anladım." Kokpite girmeden önce onlara son bir kez baktı. "Yaklaşan bir bombardıman uçağı görürseniz haber verin."

"Anlaşıldı, Kaptan," dedi Dan.

Sonraki bir saat boyunca uçağı Nellie uçurdu. Sonra Coober Pedy'ye yaklaşırken kontrolü yine Shep ele aldı.

"Geldik mi?" diye sordu Dan boynunu uzatıp camdan bakarak. Tek görebildiği kilometrelerce uzanan kırmızı topraklardı. Ufuk çizgisi, sanki dünyanın sonuna gelmişler gibi bombeliydi.

"Şu piramitleri görüyor musunuz?" diye sordu Shep hoparlörden.

"Tuz tepelerine benziyorlar," dedi Dan, Amy'ye.

"Onlar cüruf yığınları," diye açıkladı Shep. "Opal madenlerinden çıkıyorlar. Şu anda opal tarlalarının tam üzerindeyiz. Sabah arkadaşım, Jeff'i aradım. Bizi karşılayacak."

Uçak bir piste indi ve az sonra durdular. Bu havaalanı diğerinden de küçüktü. Birkaç ufak binadan ibaretti ve ileride iki tane küçük helikopter duruyordu. Dışarı çıktıklarında yüzlerine bir sıcak dalgası çarptı. Dan boğazının kuruduğunu hissetti. Ama Shep tıpkı yolculuğun başındaki gibi enerjikti.

"Hava hep bu kadar sıcak mıdır?" diye sordu Dan.

"Bugün serin bile sayılır. Ben gerekli belgeleri ayarlayayım. Jeff de birazdan gelir herhalde."

Shep ofis binasına doğru seğirtirken, tozlu yolda dört çeker bir kamyonet belirdi. Çocukların biraz ilerisinde durdu ve içinden uzun boylu, zayıf bir adam indi. O da Shep gibi yanları cepli, bol bir şort giymişti.

"Şu portakal kasasıyla uçmaya doyamadın mı?" diye seslendi Shep'e.

"Bir dahaki sefere onu tepene indireceğim," dedi Shep. "Ne de olsa kafan pistten daha büyük."

İki adam dostça birbirlerinin omuzlarına vurdu. Shep onlara döndü.

"Seni uzun yıllar sonra kavuştuğum kuzenlerimle tanıştırayım. Amy ve Dan. Bu da bakıcıları, Nellie Gomez. Ve karşınızda, Jeff Chandler. Red Centre'ın bir numaralı tur rehberi."

"Shep'in dostları benim de dostumdur," dedi Jeff. "Sizi Coober Pedy'ye hangi rüzgâr attı? Yoksa diğer herkes gibi etrafı kurcalamaya mı geldiniz?"

Amy hemen telaşlandı. "Buraya bizden başka gelenler de mi oldu?" diye sordu büyük bir karasineği kovalarken.

Jeff güldü. "Turistleri soruyorsan, elbette. Şu yığınlarda opal aramaya bayılırlar. Değerli bir taşa rastlama olasılığın düşüktür, ama yine de şanslarını denemek istiyorlar işte."

"Aslında, kuzenlerim buraya bilgi toplamaya geldi. Otuzlu yıllarda burada yaşadığına inanılan biriyle ilgili. Adam bir kanun kaçağı. Yüzü yaralıymış ve Sidney'de Bob Troppo adıyla biliniyormuş. Pek konuşmazmış. Bazı ruhsal sorunları olabilirmiş."

"Anlıyorum. Yüzü yaralı. Ayrıca bir kanun kaçağı ve kafadan çatlak. Burada bu tanıma uyan kaç kişi var biliyor musunuz? Neredeyse nüfusun yarısı." Dan'le Amy'nin şaşkın suratlarına bakıp güldü. "Ama merak etmeyin. Kime danışacağımızı biliyorum. Gelin."

Kamyonete doluştuklarında, Jeff tozu dumana katarak gazladı. Opal tarlalarını işaret etti. "Araziye çıkarsanız çukurlara dikkat edin. Her yıl başımıza bir iki olay gelir. Turistler fotoğraf çekmeye daldıklarında geri geri yürür ve güm! Kendilerini bir madenin içinde bulurlar. Sinir bozucu bir durum tabii."

"Turistler için daha sinir bozucu olmalı," dedi Dan.

"Yok, onlar zaten öldükleri için pek bir şey fark edemiyorlar," dedi Jeff. Kasaba merkezi fazla büyük değildi. Bir Vahşi Batı filminden fırlamış gibiydi. Etrafı ayın yüzeyi kadar çıplaktı. Sokakta gördükleri tek tük insan geniş kenarlı şapkalar takmıştı. Erkeklerin çoğu uzun saçlı ve bıyıklıydı. Her köşede opal satan dükkânların ve yeraltı motellerinin tabelaları vardı. Birinde YERALTI KİLİSESİ yazıyordu.

"Herkes nerede?" diye sordu Nellie.

"Ya madenlerde ya da evlerinde," dedi Jeff. "Yani yeraltında. Burada çoğumuz yeraltı sığınaklarında yaşarız."

"Öyleyse buraya da Aşağı Kasaba desinler," diye önerdi Dan.

Jeff güldü. "Coober Pedy'nin nüfusu değişkendir. İnsanlar gelir ve gider. Şu ara iki bin kişi civarındayız. Tam kırk beş farklı milletten insan zengin olma hayaliyle buralara kadar gelmiş. Aslında iyi anlaşırız. Ama sonra biri bir yeri patlatır ve kızılca kıyamet kopar. Belki de süpermarketlerde dinamit satışı yasaklanmalı."

"Şaka ediyor değil mi?" diye sordu Nellie, Shep'e.

"Korkarım, hayır."

Jeff anayolda yavaşladı, ama kasabanın dışına çıktıklarında yeniden hızlandı. Kamyonet tozlu yolda homurdanarak ilerliyordu. Bütün camları açmışlardı. En azından pistin oradaki karasineklerden kurtulmuşlardı.

"Geldik!" diye seslendi Jeff az sonra.

Boş bir arazideydiler. Etrafları tepelerle çevriliydi. Piramit şeklindeki opal madenlerini artık tanıyorlardı.

"Burası neresi?" diye sordu Nellie.

"Kanguru Ken'in mekânı," dedi Jeff sırıtarak. "Ağzından çıkan tek bir kelimeye bile inanmayın. Ama Coober Pedy hakkında bilmediği yoktur."

Bu tuhaf açıklamadan sonra kamyonetten inip tepelerden birine doğru yürüdü. Tepenin yamacındaki renkli kapıyı yeni fark ediyorlardı. Yaklaştıklarında kapının ilginç süslemesini gördüler. Üzerine bir sürü düzleştirilmiş bira kutusu çakılmıştı.

"Enteresan bir dekor," dedi Nellie.

"Daha hiçbir şey görmediniz," dedi Shep.

"Gece kalırsanız size ahbap indirimi yaptırırım. Ken oda da kiralıyor." Jeff kapıyı çalmadan açıp başını içeri uzattı. "Hu-huuu! Kimse yok mu? Benim, Jeff. Sana birkaç arkadaşımı getirdim."

"Ne bağırıyorsun, düdük? Karşında sağır mı var?" diye gürledi bir ses.

Jeff onlara göz kırptı. "Sakın üzerinize alınmayın. Turistlere hava atmaya bayılır. Biraz huysuzdur. Kulakları da iyi duymaz. Ama bunu asla kabul etmez. Onun için, yüksek sesle konuşun."

İçeri doluştular ve Nellie kapıyı arkalarından kapadı. Küçük bir koridorda duruyorlardı. Kapının yanındaki iki küçük pencereden içeri loş bir ışık sızıyordu. Duvar yüzlerce ıvır zıvırla kaplıydı. Plakalar, her dilde araba tamponu çıkartmaları, tişörtler, şeker kâğıtları ve kartpostallar. Bunlar birbiri üzerine çakılarak çılgın bir duvar kâğıdı oluşturulmuştu. Duvarın çıplak kısımları ise imza ve notlarla doluydu.

"Ev tepenin içine inşa edilmiş," diye açıkladı Jeff. "Yani şimdi yeraltındayız." Mutfaktan ve yemek odasından geçtiler. Duvarlar kaba taştandı. Tıpkı bir mağaranın içinde olmak gibiydi. Ama burada bir ocak, bir buzdolabı, bir yemek masası ve yerde bir kilim vardı.

Jeff onları lambalarla aydınlanan bir salona götürdü. Burası bir yeraltı sığınağından çok normal bir odayı andırıyordu. Kahverengi bir kanepe, bir sehpa, bir kitaplık ve bir televizyon vardı. Normal bir odayla tek farkı hiç pencere olmamasıydı. Ama dışarının yakıcı sıcağından sonra burası serin ve rahattı.

Kanepede yaşlı bir adam oturuyordu. Kucağında bir gazete açıktı. Cildi kestane rengindeydi ve kafasında tek bir tel bile saç yoktu. Bol, kanvas bir şort ve BANA SORU SORMAYIN baskılı bir tişört giymişti. Gözlüğünün üzerinden onları süzdü. "Naber, kankalar? Ayakta kalmayın. Geçin şöyle bakayım. Aç mısınız? Birazdan mangalı yakarım."

"Bırak gevezeliği, Kenny," dedi Jeff. "Dostlarım buraya Coober Pedy'nin tarihini öğrenmeye geldi. Senin boş laflarını dinlemeye değil."

Yaşlı adam güldü. "Senin ekip de pek fiyakalıymış doğrusu." Dizine vurdu. "Otursanıza yahu. Ne dikiliyorsunuz tepemde?"

Jeff gözlerini devirdi ve bağırarak sordu. "Bob Troppo diye birini duydun mu hiç?"

"1930'larda burada yaşadığı söyleniyor," dedi Amy yüksek sesle. "Belki madencilik yapmıştır. Ama emin değiliz. Burada sahte bir isim de kullanmış olabilir. Yüzünün bir tarafında büyük bir yara izi varmış. Konuşmayı pek sevmezmiş."

"Devam edin."

"Burada bir ahbabı olduğunu düşünüyoruz. Amelia Earhart'a bir yüzük satmış."

"Vay canına," dedi Ken. "İhtiyar Ron'un o hikâyeyi uydurduğunu sanmıştım."

"Demek hikâyeyi siz de duydunuz?"

"Nasıl duymam? Ron benim babam olur! Savaştan önce, Darwin'e gelmiş. Yanında birkaç taş ve bir iki ziynet eşyası varmış. Bizim ihtiyarın huyu kurusun. Sana bir hikâye anlatırdı. Gerçek mi, yalan mı, mümkünü yok anlamazdın."

"Amelia Earhart'a bir yüzük sattığından eminiz," dedi Dan. "Bu konuda yalan söylememiş."

Yaşlı adam güldü. "Tüh. Burada olsaydı, kim bilir ne şişinirdi?"

"Ya Bob Troppo?" diye sordu Amy.

"Sakın bu bizim Eşeleyici olmasın?" dedi Ken. "Bu adı ona babam takmıştı."

Amy'yle Dan şaşkınlıkla birbirlerine baktı.

"Kum yığınlarında opal aradığı için böyle demişlerdir," diye açıkladı Jeff. "Bazıları madenlerden çıkan kumu eşeleyip gözden kaçan taşları toplar."

"Bizim Eşeleyici tuhaf adamdı. Hiç konuşmazdı. Bir şey dediğinde yüzüne bakmazdı."

"Size onun hakkında sorular soran başkaları da oldu mu?" diye atıldı Dan. Anne ve babasıyla ilgili bilgi edinebileceğini umuyordu.

"Efendim?"

Dan sorusunu yüksek sesle tekrarladı. "Hayır," dedi Ken kesin bir dille. "Coober Pedy'de onu kimse hatırlamaz. Eşeleyici kasabadaki pub'a bile uğramazdı. Hem o zamanlar Coober Pedy bu kadar gelişmemişti."

Amy, Nellie'nin gülmemek için kendini zor tuttuğunu fark etti. Toz diyarı, Coober Pedy'nin gelişmiş hali buysa, eskisi nasıldı merak ediyordu doğrusu. Nellie burnuna karabiber kaçmış da hapşırmamaya çalışır gibi, nefesini tutuyordu.

"Siz onunla şahsen tanıştınız mı?" diye sordu Dan.

"Yalnızca bir kere. Ziyaretçilerden hoşlanmazdı. Ama ölmeden önce babamı çağırdı. Ben de yanında gittim. Daha çocuktum. Madenini babama bıraktı. Hiçbir işimize yaramadı, o ayrı. Tek bir taş bile bulamadık. Eşeleyici sonrasında bir gezintiye çıktı ve bir daha onu görmedik. Hep istediği gibi yalnız başına öldü gitti."

"Nerede yaşadığını biliyor musunuz?"

"Tabii! Madende. Yanına bir oda kazmıştı. Geceleri orada uyuyordu. O zamanlar herkes öyle yapardı. Eşeleyici havalandırma sistemini ilk uygulayanlardandı."

Amy'yle Dan birbirlerine baktı. *Ekat.*

"Orayı görebilir miyiz?"

"Elbette. Hemen koridorun ilerisinde."

Amy şaşırdı. "Bir dakika. Yani Eşeleyici burada mı yaşıyordu?"

"Tam olarak burada sayılmaz," dedi Ken etrafı göstererek. "Babam tepenin geri kalanını da kazıp bu evi yaptı. Eşeleyici sadece bir tünel ve oda kazmış."

"Oda hâlâ burada mı?" diye sordu Amy.

Ken başını salladı. "Tabii. Madenin girişine bir duvar ördük o kadar. Ama Eşeleyici'nin odası hâlâ açık. Üçüncü karım Shazzer, orayı misafir odası olarak kullanıyordu."

"Shazzer dördüncüydü," dedi Jeff. "Biliyorsun, annemdi. Sen iki yıl kadar benim üvey babamdın ya?"

Ken güldü. "Doğru söylüyorsun! Naber, oğlum?" Amy ve Dan'e döndü. "Gelin, size odayı göstereyim. Ama aradan en az elli yıl geçti. Bir şey bulacağınızı sanmam. Yine de, şansınızı deneyin."

ON ALTINCI BÖLÜM

Kısa bir süre sonra, Amy topuklarının üzerine oturdu. "Ken haklı. Burada hiçbir şey yok. Aradan yıllar geçmiş."

Birkaç mobilyayla sade bir tarzda döşenen odayı didik didik aramışlardı. Küçük dolaba da bakmışlardı. Bob Troppo'dan geriye hiçbir iz kalmamıştı.

"Yine çıkmaza girdik. İyi mi?" diye homurdandı Dan. "Bir an ümitlenmiştim."

Kalkıp koridora çıktılar. Amy son bir kez arkasına baktı ve donup kaldı. Kapının üzerindeki duvarı işaret etti. "Dan, bak!"

Dünyanın dört bir köşesinden eski kartpostalların, çılgın resimlerin ve notların arasında bir çizim vardı.

"Bunu annem çizmiş," dedi Amy. Nefes nefese kalbi işaret etti. "Eminim. Bak, mor kalemle çizilmiş. Gözleri kırmızı, ağzı mavi. Annem bana kalpli pankekler yapardı. Göz yerine iki tane çilek, ağız yerine de birkaç tane yabanmersini koyardı."

"Onu herkesin annesi yapar."

"Ama saç yerine kabak kullanmazlar. Bak, kalp suratın saçları yeşil."

Dan resme baktı.

"Kabakları ince ince kesip pankekin saçları gibi dizerdi. Onları akçaağaç şurubuna batırıp yerdim."

"Iyy!"

"Biliyorum. Ama ne yapayım? Tadı hoşuma gidiyordu."

"Bir dakika. HA belki de Hope ve Arthur demektir. Annemizle babamız buradaymış!" Dan onların ruhlarını hisseder gibi olunca titredi.

"Sence buraya geleceğimizi biliyorlar mıydı?" diye fısıldadı Amy.

Dan başını iki yana salladı. "Sanmam. Grace pankekle kabak yemeyi sevdiğini biliyor muydu?"

Amy başını salladı. "Tabii. O da bana aynı pankeklerden yapardı."

"Öyleyse bu mesajı Grace'e bıraktılar. Ona nereye gideceğini söylüyorlardı. Nereye acaba?"

Dan son kelimeyi işaret etti. "Eski madene."

Akşamın geç saatleri olmasına karşın, boğucu bir sıcak vardı. Dan, Ken'in onlara çizdiği krokiyi görebilmek için gözlerini kıstı. Ken'in evinin arkasındaki tepedeydiler. Ya da daha doğrusu, Ken'in evinin tam tepesinde.

"Arkada eski bir maden var," demişti Ken. "Aman dikkat edin. Sakın ola maden kuyularından birine düşmeyin. Hepsi işaretli değil. Eşeleyici'nin eski havalandırma bacası hâlâ orada. Turuncu bayraklarla çizdikleri dairenin hemen yanında. Bayrakları geçince karşınıza çıkan ilk maden kuyusundan aşağı inin. Sonra yine aynı yoldan dışarı çıkacaksınız. Çocuk oyuncağı."

Eşyalarını ve Saladin'i Ken'in evinde bırakmışlardı. Jeff de bir otobüs dolusu turisti karşılamak için işinin başına dönmüştü. Ama Shep, Nellie, Amy ve Dan maden sahasında dikkatle yürüdü. Turuncu uyarı bayrakları açık arazide hemen göze çarpıyordu. "Havalandırma bacası şurada," dedi Shep ileriyi işaret ederek. "Bir sonraki kuyudan aşağı ineceğiz."

"Aslına bakarsanız, sizi buraya getirirken, aklımdaki bu değildi," diye ekledi Shep. "Biraz etrafı gezecek ve kafamızı dağıtacaktık. Ama eski bir madene girmek benim tatil anlayışıma hiç uymuyor."

"İstersen sen gelme," diye önerdi Dan. "Bizi pubda bekle."

"Sizi tek başınıza aşağı yollayacağımı sanıyorsanız yanılıyorsunuz. Bu vakte kadar size amcalık edemedim. En azından şimdi bir yardımım dokunsun." Gülümsedi. "Ben sizi Amelia Earhart'ın hayaletinden korumak için buradayım. Ya da yüzü olmayan müdürden."

"Müdür yardımcısı," diye düzeltti Dan.

"İşte geldik," dedi Nellie. Kuyunun içine inen demir merdivenin başında durdular.

"Jeff'e bir saate dönmezsek gelip bizi bulmasını tembihledim," dedi Shep. "Unutmazsa tabii."

Shep ilk basamağa adımını attı ve dikkatle aşağı inmeye koyuldu. Dan onu izledi. Parmakları metal yüzeyde kayıyordu. Kalp atışları kulaklarında uğulduyordu. Neden hep yeraltına inmek zorunda kalıyorlardı ki? Mağaralar, metro tünelleri, yeraltı mezarları... Cahill'ler vampir miydi yoksa? Belki de güneşten bu yüzden nefret ediyorlardı.

Nellie, Shep'le Dan'in peşinden gitti. Amy sona kalmıştı. Kuyunun dibi görünmüyordu. Aşağı indikçe karanlık etraflarını sardı. Ayaklarını bastıkları demir çubukları hayal meyal görebiliyorlardı. Dan, Shep'in sesini duydu. "Son basamağa geldim. Bekleyin." Ve bir ışık yandı.

Dan'in ayakları yere değdiğinde rahat bir nefes aldı. Korktuğunu belli etmemeye çalışıyordu. Ama yerin altındaki küçücük bir delikte olmaktan hoşlandığı söylenemezdi.

Kasabadan güçlü el fenerleri almışlardı. Dan kendininkini yaktı. Bir köşede üzeri kalın bir toz tabakasıyla kaplı bir fener duruyordu. Duvarlar insan eliyle oyulmuş gibi duruyordu.

"Pekâlâ," dedi Shep. "Ana tüneli izleyip sola döndüğümüzde Bob'un madenini bulacağız."

Dan ciğerlerinin sıkıştığını hissetti. Her adımlarında toz kalkıyordu. Dan'in göğsündeki baskı giderek arttı. "İyi misin?" diye fısıldadı Amy.

"Evet," diye geçiştirdi Dan. Hastalığından konuşmayı hiç sevmezdi.

Nellie ilacını eline sıkıştırdığında, çabucak ağzına bir fıs sıktı. Sonra da teşekkür edercesine Nellie'ye baktı. Tünel daralmıştı. Dan duvarların opaller gibi rengârenk parlayacağını ummuştu, ama donuk bir tebeşir rengindeydiler.

Tünel biraz daha daraldı ve sonra sertçe sağa kıvrıldı. Bir açıklığın önünde bir taş yığını vardı.

"Burası galiba," dedi Shep. Eğilip taşların ilerisine baktı. Dan de kafasını uzattı. Taş yığınının arkasında küçük, mağaramsı bir oda vardı. Zemin düz ve pürüzsüzdü. Bir köşede eski demir bir karyola ve lekeli bir yatak duruyordu. "Hem burada hem Ken'in evindeki odada kalıyormuş anlaşılan," dedi Shep.

Odaya önce Amy'yle Dan girdi. Havalandırma bacasından içeri ışık giriyordu.

Amy eğilip yerdeki gazeteyi aldı. "Adelaide gazetesi. 1951 tarihli. Ken, Eşeleyici'nin ellilerin başında buradan ayrıldığını söyledi. Eğer Mark Twain'e gençliğinde saldırdıysa, doksanına yakın olmalıydı."

Shep de odaya girdi. "*Mark Twain*'e mi saldırmış

dedin?" Ellerini havaya kaldırdı. "Boş ver. Hiç sormadım say."

Dan el fenerinin ışığını duvarlarda gezdirdi. "Amy, bak. Duvarlara yazılar yazmış." Dan önce onları bir desen sanmıştı, ama sonra eğri büğrü bir el yazısıyla yazılan kelimeleri ayırt edebildi: Ateş çemberi.

Baktıkları her yerde bu kelimeler vardı. Bütün odada. Dan'le Amy el fenerlerini duvar diplerinde gezdirdi. Her bir santimetrekare aynı kelimelerle kaplıydı.

"Sence bunu yapması ne kadar sürmüştür?" diye fısıldadı Amy.

"Yıllar," dedi Shep etrafa bakınarak. "Adamın aklı yerinde değilmiş."

"Ateş çemberi," dedi Dan. "Ne demek bu?"

"Opal yüzüğü kastediyor olmasın?" diye sordu Amy. "Opallerin de içinde kırmızı ve sarı ışıltılar vardır."

Shep karşı duvara yaklaşıp hafifçe tıklattı. "Bunun arkasında bir boşluk var. Ken'in eviyle arasındaki ortak duvar olmalı." Biraz daha yaklaştı ve yanlışlıkla tozlu bir alet edevat kutusunu devirdi. Parmaklarıyla duvarı yoklamayı sürdürdü. "Evet, alçıpan. Ama..."

"Amy!" diye bağırdı Dan. "Bir şey buldum. Bir tarih. Kayalara kazınmış."

1937 M

"Yanında da bir M harfi var!" diye bağırdı Amy.

"Amelia Earhart'ın bir Madrigal olduğu anlamına geliyordur belki," dedi Dan. "Bob, Amelia'nın onu aradığını biliyordu. Bu da Madrigal'ların geldiği yıl."

"Amelia'nın bir Madrigal olduğundan kesinlikle emin değiliz," diye karşı çıktı Amy. Çocukluk kahramanının kötü biri olabileceğine inanmak istemiyordu. "Belki de Bob'u Madrigal'lardan korumaya çalışıyordu?"

"Bence annemizle babamız da burayı gördü," dedi Dan. "Ama içeri nasıl girdiler? Dışarı nasıl çıktılar?"

"Belki annemle babam o odada kaldı ve gece duvarı kırıp buraya geldi," diye fikir yürüttü Amy. "Sonra da duvarı yeniden ördüler."

"Şu alet kutusu bana çok da eski görünmedi," dedi Shep. "Belki de duvardaki deliği gizlemek için onu kullanıyorlardı?"

"Hem Ken yarı sağır," diye atıldı Dan. "Gece hiçbir şey duymamıştır."

"Babam inşaat işlerinden anlardı. Annem de öyle," dedi Amy. "Eski evimizin tadilatını onlar yapmıştı."

"Acaba biz de Ekat mıyız?" diye mırıldandı Dan.

Bacaya yaklaşıp duvara baktı. "Burada bir resim ve bir yazı var."

Tekrarlayan kelimelerin arasında güçlükle seçiliyorlardı.

"Ne hüzünlü," dedi Amy.

"Bana daha çok bir Cahill felsefesi gibi göründü," diye mırıldandı Dan. "Dürüst olacağına durmadan yalan söyle."

"Şu resme baksanıza. Ters bir dondurma külahına benziyor."

"Uf! Canım vişneli dondurma çekti," dedi Dan.

"Bence şu dikdörtgen de bu odayı temsil ediyor. Aradaki boşluk eski kapının olduğu yer."

"Bizim Bob resme pek yetenekli değilmiş," diye homurdandı Dan.

"*Doğru ve dürüst olmak güvenli değil.*" Amy bir an suratını buruşturdu. "Neden böyle bir şey yazmış ki?"

"Bunlar Bob'un sözleri değil," dedi Nellie. "Shakespeare'den alıntı yapmış. Othello'dan. Lisedeki son yılımda Desdemona'yı oynamıştım. Ama biz oyunu geleceğe uyarlamıştık ve hepimiz alüminyum folyodan kostümler giymiştik. Büyük olay olmuştu."

"Bir dakika," dedi Dan. Dizleri üzerine çöküp duvarı yoklamaya koyuldu.

"Ne yapıyorsun?" diye sordu Amy.

"*Güvenli* kelimesi dikdörtgenin içinde kalıyor. Bu duvarın dibinde. Bir şeyi güvenceye almak için ne yaparsın?"

"Kasaya koyarsın!" diye bağırdı Amy heyecanla. O da yere çömeldi. Parmaklarıyla duvarı yoklamayı sürdürdüler.

"Burada bir ek yeri var," dedi Amy. "İçine sokup kanırtabileceğimiz bir şey var mı?"

Nellie alet kutusundan aldığı keskiyi ona verdi. Amy keskiyi ek yerine soktu. Kaya yerinden oynadı ve az sonra eline düştü.

Dan eğilip delikten baktı. "Burada bir oyuk var." Elini soktu. "Bir şey buldum!" Parmakları serin ve pürüzsüz bir cismi kavradı. Küçük, metal bir kutuydu. Kapağını kaldırdı. İçinde deri bir kordonla bağlı, deri bir zarf vardı.

Dan yavaşça kordonu çözdü. Zarfı açtı. İçi boştu. "AMA BU HAKSIZLIK!"

Amy'nin omuzları çöktü. "Birileri bizden önce davranmış."

"Annemle babam," diye homurdandı Dan ve zarfı bir köşeye fırlattı.

"Dur!" Amy zarfı yerden aldı. Üzerinde soluk, altın renkli harfler vardı. "Bir ismin baş harfleri olmalı. RCH!"

Dan'e baktı. "Amelia, H'yi arıyordu. Hatırladın mı? Bob Troppo'nun gerçek adı bu olmalı."

"Ama kim olduğunu nasıl bulacağız ki? Ne nereli olduğunu biliyoruz, ne nereden geldiğini..."

"Olsun. Yine de bir başlangıç noktamız var." Amy ayağa kalktı. "Bilgisayar lazım."

Nellie birden parmağını dudaklarına götürdü. "Yukarıdan bir ses geldi..."

Dan havalandırma bacasına yaklaştı. Tam altında durup yukarı baktı. Sesleri duyabiliyordu, ama kimin konuştuğunu göremiyordu. Mavi gökyüzüne bakmayı sürdürdü. "Burası," dedi biri. Dan bir gölge görünce hemen geri sıçradı.

"Iyyy," diye cıyakladı başka biri. "Ben onlara elimi bile sürmem."

"Natalie Kabra," diye fısıldadı Dan.

Sabırsız bir kadın sesi duyuldu. "Etrafım ahmaklarla çevrili. Ver şu kavanozu bana."

"Isabel," dedi Amy usulca.

Sonra birden havalandırma bacasından bir şey düştü. Siyahtı ve bir salata tabağı büyüklüğündeydi. Dan onun koluna süründüğünü hissetti. Hemen aşağı baktı. O da ne? Hayatında gördüğü en büyük ve kıllı örümcek kolundan yüzüne doğru tırmanıyordu! Çığlığı basıp kendini duvarın dibine attı. Örümceği üzerinden atmaya bile cesaret edemiyordu.

Shep yanına koştu. "Ben hallederim." Örümceği yere silkeledi. "Merak etme. Bunlar zehirli değildir."

"Bacadan uzaklaşalım," dedi Amy.

Bir an hepsi oraya baktı. Sonra delikten içeri bir örümcek yağmuru başlayınca geri çekildiler. Mağaranın zemini büyük, siyah ve kıllı örümceklerle dolmuştu. Amy bağırdı.

"Geri çekilin," dedi Shep. Sonra yutkunup yerdeki kıllı bir örümceği işaret etti. "Huni ağ örümceği. Şurada bir tane daha var."

Dan hâlâ titriyordu. "Ne? O şey dünyanın en zehirli örümceklerinden biri."

"Merak etme, saldırgan değildir," dedi Shep. "Ama kendini tehlikede hissetmemesi gerek."

"Ne yapalım? Beyaz bayrak falan mı açalım?" diye cıyakladı Amy.

"Biz dostuz desek anlar mı ki?" diye sordu Nellie titrek bir sesle.

"İyi haber," dedi Shep yerdeki örümceklere bakarak. "Huni ağdan sadece iki tane var."

"Emin misin?" diye bağırdı Nellie üzerine gelen örümcekten kaçarken.

Huni ağ örümceği çıkışa yöneldi. Orada duraksayarak kıllı bacaklarıyla bu yeni ortamı algılamaya çalıştı. Diğeri duvarın dibinden yürüyordu.

Shep iki zehirli örümceği gözden kaçırmadan diğerlerine baktı. "Evet. Huni ağlar iki tane. Birkaç tane de Kırmızı Sırtlı var. Ölümcül değillerdir, ama fena sokarlar. Merak etmeyin. Buradan çıkmanın bir yolunu bulacağız. Önce…"

Hafif bir gürültü oldu ve delikten başka bir yaratık düştü. Bir yılandı. Olduğu yere çöreklenip kafasını kaldırdı.

Isabel'in kahkahasını duydular. "Hu-hu! Orada yalnız kalmanıza gönlümüz razı gelmedi. Size cici hayvancıklar yolladık."

Dan yutkundu. "Sakın bana bunun şey olduğunu söyleme."

"Taipan," dedi Shep nefes nefese. "Dünyanın en…"

"… zehirli yılanı," diye tamamladı Dan.

ON YEDİNCİ BÖLÜM

Yılan küçük odada sürünerek ilerledi. Dan hayvanın on iki metre yükseklikten düşmekten pek hoşlanmadığını görebiliyordu.

"Panik yapmayın," diye fısıldadı Shep. "Bırakın kendi yoluna gitsin."

"Tüh ya. Ben de bir çay ikram etsem mi diyordum," diye homurdandı Nellie.

"Zehrindeki bir nörotoksin felce sebep olabiliyormuş," dedi Dan. "Ayrıca içinde bir miyotoksin de barındırıyor. Kas dokularına zarar verip…"

Nellie onun sözünü kesti. "Detaylara girmesek? Bu hayvanı buharlaştırmanın bir yolu var mı? Sen asıl onu söyle."

Turuncu-kahverengi yılan usulca ana tünele doğru süründü. Çatallı dili bir görünüp bir kayboluyordu. Rahat iki metre vardı. Başını kaldırdığında nefeslerini tuttular. Sonra yine çöreklendi ve bir daha kıpırdamadı. Dışarı çıkmak için onun üzerinden atlamak zorundaydılar.

Shep eline bir çekiç aldı. "Bekleyelim. Er geç oradan çekilecek."

Dan göğsünde yine o tanıdık sıkışmayı hissetti. Nefesi hırıltılı çıkmaya başladı. Arkasından kuru bir öksürük geldi. Amy ona endişeyle baktı. "İyi misin?"

"Evet." Ama güçlükle konuşuyordu.

"İlacını sık," dedi Nellie. "Cebinde."

Dan elini cebine soktu. Bir şeker ambalajı, Shep'in bahçesinde bulup şeklini sevdiği için sakladığı bir taş ve bir granola barı. Dan ilacı bulamayınca cebini dışarı çıkarıp silkeledi. İlaç kutusu havaya fırladı ve yılanın yanına düştü.

O an hepsinin kalbi durdu sanki. Mağaradaki tek ses Dan'in hırıltılı nefesiydi.

İlaç taipanın yanında duruyordu.

Dan'in nefesi daha da kötüleşti. Elleriyle göğsünü tuttu.

"Ben alırım," dedi Nellie.

"Hayır." Shep'in sesi alçak, ama otoriterdi. Yılanın saldırması olasılığına karşı çekici hazır tutarak usulca yaklaştı. Yılan dilini çıkardı. Shep ayakkabısının burnuyla ilaç kutusunu Nellie'ye doğru itti. Taipan tam hareketlenmişti ki, Shep geri sıçradı. Yılan birkaç santim sonra yine durdu. Amy rahat bir nefes aldı.

Nellie ilaç kutusunun üzerine çıkan bir örümceği tekmelediği gibi yere eğildi. İlacı alıp Dan'in eline tutuşturdu.

Dan ilacı sıkar sıkmaz ciğerlerinin açıldığını hissetti. Hırıltıları azaldı. Ama göğsü hâlâ ağrıyordu. Bu seferki kötü bir krizdi. İçerinin yoğun tozuna bir de zehirli yaratıklarla birlikte olmanın paniği eklenmişti. Gözlerinin önünde siyah benekler uçuşmaya başlayınca duvara yaslandı. *Sakin olmalıyım. Panik durumumu daha da kötüleştiriyor*, diye düşündü.

"Yavaş yavaş nefes al, Dan," dedi Nellie ve Shep'e döndü.

"Dan'i buradan çıkarmalıyız. Tıbbi yardıma ihtiyacı var."

Dan o kadar korkmuştu ki "Ben iyiyim," bile diyemedi.

O sırada, Amy ayakkabısına tırmanan örümceği görüp çığlığı bastı.

"Korkma, zehirli değil," dedi Shep. "Alet kutusunu al," diye seslendi Nellie'ye. "Örümceklere dikkat."

Nellie kutuyu dikkatle alıp Shep'e verdi.

"Ken'e bir sürpriz yapmaya ne dersiniz?" dedi Shep. "Şu duvara yeni bir kapı açmaktan başka çare yok. Dayan, Dan." Çekiçle duvara vurdu. Yere bir kaya parçası düştü.

"Bana da bir çekiç ver," dedi Nellie.

Shep çocuklara baktı. "Siz ikiniz. Gözünüzü zehirli örümceklerden ve yılandan ayırmayın. Bu tarafa gelirlerse haber verin."

Tekrar duvara vurdu. Nellie de başka bir çekiçle ona yardıma koyuldu. Birkaç dakika sonra, duvarda geçebilecekleri kadar büyük bir delik açılmıştı. Önce Dan geçti. Diğerleri de sırayla Ken'in odasına doluştu.

Dan yere oturdu. Nefesi hâlâ düzelmemişti.

"Bize bir doktor lazım," dedi Nellie endişeyle.

"Jeff'i ara. Acil bir durum olduğunu söyle," dedi Shep. "Sonra da polisi arasın."

Dan'i doktora yetiştirdiklerinde kendini daha iyi hissetmeye başlamıştı bile. Doktor onu güzelce muayene etti ve opal madenlerinden uzak durmasını tembihledi. Dan buna dünden razıydı.

Ken'in arabasına döndüklerinde, Nellie güldü. "Seni ilk kez birine içtenlikle, *peki, efendim*, derken duydum." Kolunu Dan'in omzuna atıp kafasına bir öpücük kondurdu. Dan buna da itiraz etmedi. "Bizi çok korkuttun, dostum," dedi Nellie.

"Evet, Dan," dedi Amy. "Bir süre madenlerden uzak duralım." Rahat bir tavırla konuşmaya çalışıyordu, ama kardeşinin mağaradaki solgun yüzü gözünün önünden gitmiyordu.

Ken misafir odasının duvarının delinmesinden pek hoşlanmamıştı. Diğer taraftaki ölümcül yaratıkları düşündükçe tüyleri diken diken oluyordu. Neyse ki, birkaç uzman çağırdılar ve hem yılan hem de örümcekler kazasız belasız yakalandı. Polis bir sürü soru sordu, ama çocuklar onlara cevap vermedi. Shep oldukça endişeli görünüyordu. Sonunda Jeff'le Shep, Ken'i biraz sakinleşmesi için kasabadaki pub'a götürdü.

Uzun bir gün olmuştu. Ama Amy deri zarftaki baş harfleri araştırmaya can atıyordu. Akşam yemeğinden sonra Dan'in bilgisayarına el koydu.

"Şimdi..." dedi parmaklarını klavyenin üzerinde hazır tutarak. "Ne arıyoruz? RCH harfleri bizi bir yere götürmez."

"C Cahill'in kısaltması olabilir mi?"

Amy başını salladı. "Ben de aynısını düşündüm. RCH 1896'da Sidney'deydi ve en az yirmili yaşlarındaydı diyelim. Demek ki, doğum tarihi..."

"1870'ler," dedi Dan.

Amy arama motorunu açtı. "Robert Cahill'le başlamamızı öneriyorum. Bob gerçek adıysa tabii. Robert Cahill, Sidney ve 1890." Ekranda uzun bir liste belirince Amy hayal kırıklığıyla homurdandı. "Buradan bir iz çıkması zor."

"Darwin'i dene. Orası daha küçük bir şehir."

"Hele o zamanlar."

Amy bu sefer *Robert Cahill, 1890'lar* ve *Darwin* kelimelerini denedi. Ekranda yeni bilgiler belirdi. Amy yazılarda göz gezdirdi. "Yine olmadı. Charles Darwin'le ilgili sayfalar çıkıyor. Bir dakika." Sırtını dikleştirdi. "Galiba aradığımız adı buldum."

ON SEKİZİNCİ BÖLÜM

"Robert Cahill Henderson," diye tekrarladı Isabel telefona. "Anladım."

Arka koltuktakilerle konuşmak için döndü. Coober Pedy'den hızla ayrılmışlardı, ama beklediği telefon gelince Isabel rahat konuşmak için cipi yolun kenarına çekmişti.

"Kedi olalı bir fare tuttular. Lucian kalesinde ana bilgisayara girip 1840'tan 1900'e kadar bilinen bütün Ekaterina'ları taramışlar. Bilgisayar Coober Pedy ve Cahill isimleri için sadece bir tane eşleştirme yapmış. Görünüşe bakılırsa, madencilik izni alman için gerçek adını vermen gerekiyor. Adamımız, Robert Cahill Henderson."

"Şimdi nereye gidiyoruz?" diye sordu Natalie uzun, ipeksi saçlarını omzuna atarak. "Alışveriş yapabileceğimiz bir yer olsa bari. Mesela Dubai?"

"Jakarta," diye kestirip attı annesi.

"Orası neresi? İsmi hiç havalı değil."

"Eğitiminize tonla para harcıyorum. Hâlâ dünyadan haberiniz yok. Jakarta Java Adası'nda. Henderson 1883 yılında, oradan *Leydi Anne* adında bir gemiyle Sidney'e gelmiş." Isabel gözlerini Irina'ya dikti. "Sorun nedir, yoldaş? Neden somurtuyorsun? Küçük Dan ve Amy için boşuna endişeleniyorsun. Kedi gibi dokuz canlı çıktılar. Ama biraz korkmaları iyi oldu."

Irina cevap vermedi. Ayaklarının dibinde Tamirci'nin Isabel'e gönderdiği boş kavanoz ve kutu vardı. Isabel onları Coober Pedy'ye getirmesi için kiraladığı uçakta Tamirci'nin emanetlerini yanından ayırmamıştı. Ayrıca Hummer'ı da Adelaide'dan buraya getirtmişti.

Irina, Isabel onu açana dek kutunun içinde ne olduğunu bilmiyordu. Isabel zehirli örümceklerle dolu kavanozu neşeyle sallamıştı. Onları Cahill'lerin otel odasına salmayı düşünüyordu, ama böylesi daha da iyi olmuştu. Örümcekleri havalandırma bacasından çocukların kafasına atmışlardı. Isabel yılanla da kolayca başa çıkmıştı. Kutuyu açıp yılanı kalın eldivenlerle tutarken alnında tek bir ter damlası bile belirmemişti. Aksine, Isabel bu tür maceralardan hoşlanırdı. Ölümcül bir tehlikeye yakın olmak onu heyecanlandırıyordu.

"Ben Ian'la Natalie'yi alıp gidiyorum," dedi Isabel. "Sen Cahill veletlerinin peşinden ayrılma. Attıkları her adımı bilmek istiyorum. Java'ya gelmeyi akıl ederlerse, onları geciktirmek için elinden geleni yap. O iki yumurcağın ayak altında dolaşmasını istemiyorum."

"Sonra?" diye sordu Irina.

"Ne demek o?" diye diklendi Isabel ukalaca. Dikiz aynasında makyajına bakıyordu. Bir an Irina'ya göz attı.

"Onları uzun süre oyalayamayacağımı biliyorsun," dedi Irina. "Ne kadar azimli olduklarını çoktan kanıtladılar. Uzun vadede ne yapmayı planlıyorsun?"

Isabel omzunu silkti. "Henüz o kadar ileriyi düşünmedim. Şimdilik bu ipucuna yoğunlaştım. 39 İpucu'nun tamamını bulabiliriz. Düşünebiliyor musunuz, çocuklar? Robert Cahill Henderson ipuçlarının hepsini olmasa da, birçoğunu bulmuş. Amy'yle Dan avuçlarını yalayacak. Konunun tamamen dışında kalacaklar. O zaman da bir önemleri kalmayacak." Isabel bir süre bileziğinin altın süsleriyle oynadı ve dikkatini tırnaklarına yöneltti.

Irina sanki şu hayatta maniküründen daha önemli hiçbir şey yokmuş gibi tırnaklarını inceleyen Isabel'i süzdü. Isabel'i uzun yıllardır ve yakından tanıyordu. Ellerinin bakımına ve ojelere ne kadar düşkün olduğunu biliyordu. Ama Isabel rakiplerini yok etmeye de en az dış görünüşü kadar özen gösterirdi.

Isabel çocukları korkutmak için en iyi numaralarına başvurmuştu. Yakında bununla da yetinmeyecekti. Irina onun içindeki öfkenin giderek kabardığını hissedebiliyordu.

Uzun bir yolculuktu, diye düşündü. *Ve nihayet sonunu görebiliyorum.*

ON DOKUZUNCU BÖLÜM

"Robert Cahill Henderson dâhi bir kimyagerdi," diye okudu Amy. "Ayrıca Kraliçe Victoria'nın kuzenlerinden biriyle nişanlıymış. Darwin'in teorilerinin destekçisiymiş. Onun için hakkında bu kadar çok sonuç çıktı. Şunu dinle..."

Dan onun sözünü kesti. "İyi, iyi. Ben biraz kestireceğim. Okuman bitince uyandırırsın." Ken'in misafir odasındaki ikiz yataklardan birinde yatıyordu. Başını kaldırıp duvardaki deliğin önüne çektikleri dolaba baktı. "Yılanı yakaladıklarından emin miyiz?"

"Evet. Her neyse. Henderson bir gün aniden nişanı bozmuş. O zaman için bu büyük bir skandalmış tabii. Sonra Güney Denizi'ne açılmış. Darwin'in teorilerini araştıracağını söylüyormuş. Ama Henderson kimyacıydı, doğa bilimleri uzmanı değil." Amy kaşlarını çattı. "Ne tuhaf değil mi?"

Dan esnedi. "Hikâyenin heyecanlı kısmına daha çok var mı?"

"Bir süre Endonezya adalarında dolaştıktan sonra deney yapmak için birine yerleşmiş. 1883'teki, Krakatau yanardağı patlamasında öldüğüne inanılıyor."

"Kraker dağı mı?"

"Krakatau," diye düzeltti Amy. "Büyük bir volkanik patlama olmuş. Daha doğrusu, bir dizi patlama. Dağ çökmüş ve arkasından gelen tsunamilerde yaklaşık otuz altı bin kişi ölmüş. Son patlamanın sesi Avustralya'dan bile duyulmuş. Dev bir toz bulutu oluşmuş ve Amerika'daki günbatımlarında bile rahatça görülmüş."

"Vay canına."

"Bulduk, Dan! Ters dondurma külahı volkandı. Bob Krakatau'yu çizmiş. Durduk yere neden nişanlısından ayrılıp Endonezya'ya gitti acaba? Mutlaka önemli bir sebebi olmalı."

"Ben biliyorum. Akıllı adammış doğrusu. Evlenmek mi, plajda keyif çatmak mı? Ben yanardağa rağmen ikincisini seçerdim."

"Demek ki, yanardağ patladığında o civardaydı. Canını zor kurtarmış. Sonra bir şekilde Sidney'e gitmiş. O zamandan beri de hem Cahill'ler hem de Madrigal'lar peşinde."

Eğer bir şey bulduysanız, o bize ait. Ve eğer onu kendinize saklarsanız, hırsızlık etmiş olursunuz. Bu kadar basit.

Amy birden irkildi. Dan karşısında duruyordu, ama artık kardeşini göremiyordu. Kendini koalalı geceliğiyle büyükleri dinlerken hayal etti.

"Dünyadan Amy'ye," dedi Dan.

Misafirler gidene kadar uyuyamamıştı. Sokak kapısının kapandığını duymuştu. Gerçekten gittiklerinden emin olmak için dışarı bakmıştı. Ama gitmemişlerdi işte. Tam Amy'nin penceresinin altında duruyorlardı. Amy usulca camı kaldırıp başını dışarı uzatmıştı. Yalnızca kafalarının tepesini görebiliyordu.

"Azıcık cesur olun," diyordu badem gözlü, güzel kadın. "Cevabımızı aldık işte. Avustralya'ya kadar onun izini sürmüşler. Bu mesele bu akşam hallolmalı."

Onun suçuydu.

Hepsi onun suçuydu.

"Amy? Amy, iyi misin?"

Amy daldığı düşüncelerden uyanarak kardeşine

baktı. Dan'in yüzü bembeyaz kesilmişti. Geçirdiği astım atağı onu bir hayli sarsmıştı. Dan belli etmemeye çalışsa da, Amy onun gözlerinin altındaki mor halkaları görebiliyordu.

"İyiyim," dedi.

"Sırada neresi var?" diye sordu Dan. "Sidney'e mi döneceğiz?"

Amy hafifçe öksürerek boğazını temizledi. "Hayır. Darwin'e gideceğiz. Onların ayak izlerini takibe devam edeceğiz."

Ertesi sabah, uçakta, Amy koltuğunun arkasına yaslanıp Amelia Earhart'ın biyografisini açtı. Onu Shep'ten ödünç almıştı. Ne aradığını bilmediği için amaçsızca sayfaları karıştırdı. Nellie her zamanki gibi, kulağında kulaklıklarıyla horluyordu. Dan tavuk aromalı cipse yumulmuştu. Gece deliksiz bir uyku çekince, iştahı yerine gelmişti.

"Dan, şunu dinle," diye seslendi. "1935'te, Amelia Hawaii'deyken, ünlü bir yanardağ bilginine danışmış."

"Deme yahu! Bu hayatımda duyduğum en ilginç bilgi," diye alay etti Dan.

"Ya görmüyor musun? O zaman bile Krakatau hakkında bilgi topluyormuş."

Dan gözlerini kapayıp ağzına bir parça çikolata attı. Amy derin bir iç çekerek Ken'in yazıcısından bastığı sayfaları çıkardı. Patlamayla ilgili detayları okumaya başladı. Ara sıra enteresan bulduğu bilgileri Dan'le paylaşıyordu. Ama Dan çikolata kâğıtlarını top yapıp basket atmakla meşguldü. Sonra Amy ilgisini çeken bir hikâyeye rastladı. Onu yavaşça tekrar okudu. "Dan!"

"Ve baskeeettttt!"

Amy yastığını ona fırlattı. "DAN! Dinlesene. Patlamanın olduğu gün Batavya'ya -Jakarta'nın eski adı buymuş- giden bir gemide bir sorun çıkmış. Kül bulutunun içine girmişler. Güverteye volkanik taşlar yağmaya başlamış. Kaptan birkaç mil ilerideki bir limana sığınmış. Ama rıhtıma yanaşamadan geri dönmek zorunda kalmışlar. O geminin yükü neymiş dersin? Volfram!"

Dan kulak kesildi. "Ne? Yani tungsten. İpuçlarımızdan biri."

"Sadece bu da değil. Kaptan güvertede sakız fideleri olduğunu söylemiş. Taşlar yağmaya başlayınca mürettebata onları aşağı indirmelerini emretmiş.

Tungsten ve sakız fideleri taşıyan bir gemi."

"İki ipucumuz. Onları Henderson'dan başkası sipariş etmiş olamaz."

"Bence de! İpuçlarını topluyordu. Henderson bir âlimdi ve bir formül üzerinde çalışıyordu. Belki de önemli bir keşfin eşiğindeydi. Bütün Cahill kolları onu bu nedenle arıyordu. Henderson kendine bir laboratuvar kurmuştu." Amy koltuğunun koluna vurdu. "Krakatau'da bir laboratuvar kurmuştu! Tabii ya! Gerekli malzemeleri oraya sipariş ediyordu. Sonra yanardağ patladı ve laboratuvar yıkıldı. Henderson da dev dalgalara yakalandı ama bir şekilde kurtulmayı başardı."

"Formül artık yalnızca aklındaydı. Ve Henderson çatlağın tekiydi."

Amy madenin duvarındaki garip yazıları hatırlayarak başını salladı. "Henderson bir Ekat'tı. Mark Twain'e saldırdığına göre bir Janus olamaz. Onu Isabel de iyi tanımadığına göre Lucian'lardan da değil. Bir Tomas olması da az bir ihtimal. Henderson onlara benzemiyordu."

Dan kaşlarını çattı. "Bir Lucian'ın, Rus Constantine'in on dokuzuncu yüzyılda ipuçlarının çoğunu bulduğunu biliyoruz. O zamanlar, bu iki kol birbirlerine yakındı herhalde."

Amy kâğıtlara vurdu. "Şunu dinle. Java Adası Pasifik'te, Ateş Çemberi denen bir volkan kuşağının parçasıymış. RCH opallerden söz etmiyordu. Java'dan söz ediyordu. Sıradaki durağımız orası!"

Shep yorulunca, pilot koltuğuna Nellie geçti. Shep biraz uzanmak için arka tarafa geldi. Amy ve Dan'in Jakarta'dan bahsettiğini duyunca gözlerini kırpıştırdı.

"Sizin için elimden geleni yaparım demiştim, ama bu uçak oraya kadar gidemez. Siz en iyisi bir yolcu uçağına binin. Darwin'den her gün bir sürü sefer var. Oraya gittiğinizde, uydu telefonumdan haberleşiriz." Bir an duraksadı. "Nellie sizinle ilgilenir tabii, ama Java'ya hiç gitmeseniz olmaz mı? Başınız dertten kurtulmuyor. Burada, yanımda kalırsınız. Babanızın yerini tutamam elbette, ama birlikte yaşayabiliriz." Başını eğdi. "Eee, ne diyorsunuz? Şu benden ısrarla sakladığınız şeyi yapmasanız da, sörf delisi kuzeninizle birlikte kalsanız olmaz mı?"

Amy'nin gözleri doldu. "Çok isterdik. Gerçekten isterdik. Ama bu işe devam etmek zorundayız."

Shep onun gözlerinin içine baktı. Sonra başını salladı. "Artie'yi de vazgeçirememiştim."

Shep gerekli ayarlamaları yaparken, Amy aşağı baktı. Yüksek tepelerle kaplı, kızıl renkli toprakların üzerinden geçiyorlardı. Bir kanyonun arasından yılan gibi kıvrılan bir nehir geçiyordu. Olağanüstü bir manzaraydı.

"Katherine Gorge," dedi Shep. "Top End'in doğası meşhurdur."

"Keşke..." diye mırıldandı Amy ve gerisini getiremedi. *Bir dahaki sefere dünyayı dolaştığımda, bütün bu güzellikleri doya doya yaşayacağım.*

"Darwin'e varışımızdan bir saat sonra bir uçak var," dedi Shep. "Vaktimiz dar, ama havaalanını iyi biliyorum. Sizi rahatça yetiştiririm. Veda etmek için zaman bulamazsak şunu bilmenizi istiyorum. Ben hep buradayım. Ne zaman ihtiyacınız olursa, bir telefonunuz yeterli. Sizi bir daha ihmal etmeyeceğim."

"Teşekkürler," dedi Amy. "Hem sen bizi ihmal etmedin ki. Ne olur böyle düşünme."

"Başka biri olsa arkasına bile bakmadan kaçardı," diye atıldı Dan. "Ama sen kalıp bize yardım ettin."

"Bir şey daha," dedi Shep. "En sevdiğim plajda hiç tanımadığımız birilerinin saldırısına uğradık, pistte manyağın biri cipini üzerimize sürdü, bir madende az kalsın ölüyorduk ve Coober Pedy'nin en sıkıcı adamıyla bir pub'da iki saat geçirmek zorunda kaldım. Yine de, üçünüzden de vazgeçmek istemiyordum. Gerçeği öğrenmeyi çoktan hak etmedim mi, çocuklar? Uzaylı müdür yardımcısı hikâyesi iyi hoş da, artık gerçekten neler olduğunu bilmek istiyorum."

Amy'yle Dan birbirlerine baktı.

Amy derin bir iç çekti. "Pekâlâ. Anneanneniz, Grace vasiyetinde bize iki seçenek sundu. Ya kişi başı bir milyon dolar alıp yolumuza gidecektik, ya da 39 tane ipucu toplayacaktık. Onları bulduğumuzda dünyanın en güçlü insanları olacağımızı söylüyordu. Biz de ipucu avını seçtik. Ama yarışta başka Cahill'ler de var. Hepsi de farklı zamanlarda bizi öldürmeyi denedi."

Shep iç çekti. "Pekâlâ. Sizi zorlamayacağım. Madem gerçeği söylemek istemiyorsunuz, öyle olsun."

Bir saat sonra, Darwin şehri göründü. Güzel bir limanın etrafına kurulmuştu ve arkasında uçsuz bucaksız, masmavi deniz uzanıyordu. Piste indiklerinde doğruca Qantas Havayolları'nın gişesine koştular.

"Ekonomide uçamayız dedim ya," diye cıyaklıyordu biri. "Bana derhal birinci mevkide üç kişilik yer bulun."

Gişedeki adam bir şeyler mırıldanırken, Amy, Dan ve Nellie bir sütunun arkasına saklandı. Shep de merakla onları izledi. "Hayrola? Yine kana susamış uzaylılar mı?"

"Aynen," dedi Dan.

"O uçağa binemeyiz," diye fısıldadı Amy.

Shep sütunun kenarından başını uzatıp Isabel, Ian ve Natalie'ye baktı. "Bana o kadar da korkunç görünmediler."

"Öyle mi?" dedi Dan. "Bizi dünyanın en zehirli yılanıyla öldürmeye çalıştılar."

"Java'ya onlardan önce gitmeliyiz," dedi Amy.

Shep başını iki yana salladı. "Olmaz. Bile bile tehlikeye atılmanıza izin veremem."

Amy ona dik dik baktı.

"Hani ne olursa olsun bizimleydin?"

Shep gönülsüzce başını salladı. "Pekâlâ. B planını uygulama zamanı. Yürüyün, pilotların bekleme salonuna gidiyoruz."

Shep onları havaalanının ucuz tarifeli uçakların kullandığı kısmına götürdü. Şık mobilyalarla dekore edilen pilot salonuna girerken son derece rahattı. Etrafı sakin bakışlarla süzdü.

"Şans bizden yana," diye fısıldadı. "Şuradaki adamı görüyor musunuz? Bana bir iyilik borcu vardı."

Pencerenin yanında kahve içen, pilot üniformalı, uzun boylu adama doğru yürüdüler.

"Greg!" dedi Shep. "Şu tesadüfe bak!"

"Shep! Görüşmeyeli aylar oldu. Nerelerdesin? Hâlâ kendine doğru düzgün bir iş bulamadın mı?"

Shep güldü. "Hayır. O dediğin asla gerçekleşmeyecek galiba." Onları tanıştırdı. "Greg, dostum. Senden bir ricam olacak. Bizim Jakarta'ya gitmemiz gerek. Hazır senin de bana bir iyilik borcun vardı."

"Yanlış hatırlıyorsun, dostum. Asıl senin bana bir iyilik borcun var."

"Geçen yıl, Brisbane'de sana yaptığım kıyağı unuttun mu?"

"Geçen aralıkta Perth'te ödeşmiştik ya?"

Shep kafasını kaşıdı. "Doğru. Şimdi nereye uçuyorsun?"

"Daha yeni döndüm. İki hafta izinliyim."

"Harika! Sana yeni bir iyilik borçlanacağım. Bana uçağını ödünç verir misin?"

Shep ne yaptı etti, arkadaşını ikna etti. Güvenlikten havaalanı personeli belgeleriyle kolayca geçtiler. Shep uçuş için gerekli hazırlıkları yaparken, çocuklarla Nellie bir yolcu salonunda bekledi.

Shep az sonra yanlarına döndü. Heyecanla ellerini ovuşturdu. "Her şey hazır. Sekiz numaralı hangara gideceğiz. Greg'in uçağını kullanmak için sabırsızlanıyorum. Pervaneli lüks bir jet. Gerçekten nefis bir alet."

"Sözünü tuttun," dedi Amy. "Bizi yarı yolda bırakmadın. Teşekkürler."

"Bunu Artie ve Hope için yapıyorum. Ve tabii sizin için. Biz bir aileyiz. Bunca yıl sonra bunun ne demek olduğunu nihayet anladım. Asıl ben teşekkür ederim."

"Aile her şeydir," dedi Dan ve Shep'le yumruklarını tokuşturdular.

"Evet," dedi Amy ve o da yumruğunu Shep'e uzattı.

"Pekâlâ," dedi Shep. "Fikrimi değiştirmeden önce gidelim hadi."

Salondan çıktıklarında nemli hava yüzlerine çarptı. Uçak hangarda onları bekliyordu. İçi gerçekten de lükstü. Rahat koltuklar, şık bir yemek takımı ve ekranlarla döşenmişti. "Yaşasın!" diye bağırdı Dan. "Nihayet rahat bir yolculuk yapabileceğiz."

"Yaklaşık sekiz saat havada kalacağız," dedi Shep. "Merak etmeyin, bol bol yiyeceğimiz var. Film seyredip oyun oynarsınız. Canınız hiç sıkılmaz." Nellie'ye döndü. "Daha önce bu bebeklerden birine binmiş miydin?"

"Binmek ne kelime? Birini Akron'dan Reykjavik'e uçurdum."

"Bak sen. Beni her gün biraz daha şaşırtıyorsunuz, küçük hanım. Bir çocuk bakıcısına göre oldukça sıra dışı bir hayatın var doğrusu."

"Uçmayı seviyorum, hepsi o."

"Kuzenlerim emin ellerde. Bir taipan yılanından bile korkmayan ve denizaşırı uçabilen bir bakıcıları var."

Amy, Dan'e bakıp kaşlarını çattı. Şu Nellie sahiden de sürprizlerle doluydu.

O sırada, birkaç üniformalı görevli yanlarına geldi. "İyi günler. Pasaportunuz, lütfen," dedi kibarca.

"Güvenlikte kontrol etmişlerdi," dedi Shep.

"Pasaportunuz, lütfen," diye tekrarladı görevli daha sert bir sesle.

Shep şortunun ceplerini karıştırdı. "Buralarda bir yerde olacaktı."

"Bizimle gelir misiniz, lütfen?"

Hangarın önünde, "Bunlar, onlar!" diye bir ses çınladı. "Bebeklerim benim!"

Siyah elbiseli bir kadın koşarak hangara daldı. Irina'yı hemen tanıdılar tabii. Boynuna bir eşarp bağlamış ve küçük, çerçevesiz bir gözlük takmıştı.

"Benim minik güvercinlerim!" diye bağırdı. "İyi misiniz? Size zarar vermedi değil mi?"

"Kimden söz ediyorsun?" diye sordu Dan şaşkın şaşkın.

"Bu hanım sizin kuzeninizmiş," dedi görevli.

"Öyle," dedi Amy kararsızca. "Ama…"

Görevli, Shep'e döndü. "Bu durumda, çocuk kaçırmaktan tutuklusunuz."

YİRMİNCİ BÖLÜM

"Saçmalık!" diye itiraz etti Shep. "Ben de onların kuzeniyim."

Irina elindeki mendille sözümona gözlerini kuruladı. "Görüyorsunuz, değil mi? Nasıl rahatça yalan söylüyor?" Rus aksanını bilerek abarttı. *"Maya morkovka!"* dedi Amy'ye. "Benim minik havucum! Seni öyle özledim ki."

Amy, Shep'in koluna yapıştı. "Ortada bir yanlış anlaşılma var. Shep bizim kuzenimiz. Bizi kaçırmadı."

Görevlinin sabrı taşmak üzereydi. "Pasaportunuzu görebilir miyim, beyefendi?"

Shep hâlâ ceplerini karıştırıyordu. "Demin güvenlikten geçtikten sonra şuraya koymuştum. Şimdi bulacağım..."

Irina, Dan'e sarılmaya çalıştı. "Canım benim." Görevlilere döndü. "Ben bu çocukların teyzesiyim. Boston'daki hamilerinin yanından kaçtılar. Şu belgelere bakar mısınız, lütfen? Massachusetts Sosyal Hizmetler Kurumu onları arıyor. Onları eve götürmek için beni yolladılar."

Görevli kâğıtlara baktı ve arkadaşlarına, "Her şey kanunlara uygun görünüyor," dedi. "Bu çocuklar Amerika'da aranıyor."

"Bu kadın yalancı bir katil!" diye bağırdı Dan, Irina'yı işaret ederek. "Üstelik bir casus."

"Bizi öldürmeye çalıştı!" diye atıldı Amy.

Irina yine gözlerini kuruladı. "Ne yazık ki, disiplini sevmedikleri için yalan söylüyorlar. Amerikalı çocukların nasıl şımarık olduğunu bilirsiniz. Ama onlar benim güvercinlerim. Her şeye rağmen biz mutlu bir aileyiz."

"Bir dakika," dedi görevli. "Aynı zamanda nasıl hem teyzeleri hem de kuzenleri olabiliyorsunuz?"

Irina mendille yüzünü kuruladı. "Aslında kuzenleriyim, ama teyzeleri sayılırım. Ahhh, benim küçük kuzularım. Şunlara bakar mısınız? Nasıl da melek gibiler!"

"Sen de şeytan gibisin," diye homurdandı Nellie.

Görevli tek kaşını kaldırdı. Irina rolünü biraz abartıyordu. Herhalde yeterince prova yapacak zamanı olmamıştı.

"İzin verirseniz, uçağın içine bakayım," dedi Shep. "Belgeleri orada bıraktım galiba."

"Kıpırdama," dedi görevli sertçe ve Amy'yle Dan'e döndü. "Bu hanımın adı, Irina Cahill ve bize kuzeniniz olduğunu söyledi."

"Bir kere o bir Cahill değil," diye bağırdı Amy. "Teknik olarak öyle, ama soyadı Cahill değil."

Görevli alnında biriken terleri sildi. "Biraz sakin olur musunuz? Durumu açıklığa kavuşturmamızı zorlaştırıyorsunuz."

O sırada, başka bir görevli koşarak yanlarına geldi ve arkadaşının kulağına bir şeyler fısıldadı. Amy adamın *Interpol* dediğini duydu.

Onlarla konuşan görevli Irina'ya döndü. "Irina Spasky adında birini tanıyor musunuz?"

Irina onlara boş boş baktı. "Hayır. Ama Spasky Rusya'da yaygın bir soyadıdır."

"Irina Spasky o!" diye bağırdı Amy.

Görevli arkadaşının verdiği listeye göz attı. "Irina Spasky birçok uluslararası suçtan Interpol tarafından aranıyor. 2002, Dubrovnik, sahte pasaportla seyahat. 1999, Sofya, kimliği belirsiz bir erkeği zehirli iğneyle felç etme. Sri Lanka..." Görevlinin rengi attı. "Devam etmesem daha iyi galiba."

"Bu kadın, Irina Spasky," diye bağırdı Dan. "Onu bir yere kilitleyin ve anahtarı okyanusa atın."

Irina güldü. "Çocuklar... Çocuklar... Ağzınızdan çıkanı kulağınız duyuyor mu? Irina Spasky gibi azılı suçluları kovalayacağınıza benim gibi zavallı bir Rus dadıyı sorguya çekiyorsunuz."

Görevli kaşlarını kaldırdı. "Dadı mı?"

"Evet, ben onların dadısı sayılırım. Onlara ben bakıyorum," diye geçiştirdi Irina.

Shep, Arthur Trent'in kuzeni ve saygın bir vatandaş olduğunu anlatmaya çalıştı. Yıllardır pilotluk yaptığını ve az sonraki uçuş için gerekli bütün belgeleri tamamladığını söyledi. Nellie de onu doğrulamak için lafa karıştı.

Bu sırada, Irina çocuklara dönüp fısıldadı.

"Size yardım etmeye çalışıyorum. Bir tuzağın içine çekiliyorsunuz."

"Onu anladık," diye homurdandı Dan. "Bize tuzak kuran sensin!"

"Her fırsatta beni iğnelemeye bayılıyorsunuz. Ama

haklısınız. Geçmişte yaptıklarım doğru değildi."

"İnsanları *iğnelemeyi* en iyi sen bilirsin!"

"Ama bizi tuzağına düşüremeyeceksin," diye atıldı Amy. "O madende bizi öldürmeye çalıştın, ama başaramadın. Yine yapamayacaksın."

"Benim o olayla bir ilgim yoktu. Isabel'in ne planladığını bile bilmiyordum. Aksi halde, onu engellemeye çalışırdım."

"Yalancı!"

"Gerçek düşmanınızın kim olduğunu hâlâ anlamadınız mı?"

Dan parmağıyla Irina'yı gösterdi. "Sensin!"

"Jakarta'ya gitmeyin. Isabel orada olduğunuzu öğrenirse sizi öldürür."

"Bizi düşündüğün için sağ ol, kuzen," diye tısladı Dan. "Yoksa *teyzeciğim* mi demeliydim? Ya da *dadıcığım*? Bırak numarayı, Irina. Eline fırsat geçse bizi gözünü bile kırpmadan öldürürsün."

"Amy." Irina onun adını usulca söylemişti. Amy duraksadı. Irina'nın ilk kez bu kadar yumuşak konuştuğunu duyuyordu.

"Isabel sana annenle babanı benim öldürdüğümü söyledi, değil mi?"

Amy cevap vermedi.

Dan bir ablasına, bir Irina'ya baktı. "Amy? Ne diyor bu kadın?"

"Yalan," dedi Irina. "Isabel çıkarları için yalan söylemekten çekinmez. Sen o geceyi düşündün mü? Bir şeyler hatırlıyor musun?"

"Annemizle babamız öldürüldü mü?" diye fısıldadı Dan. Gözlerini ablasına diktiğinde birden yaşı ufaldı. Küçük ve kaybolmuş bir çocuğa benzedi.

"Evet," dedi Amy. "Seni hatırlıyorum." Bu suçlamayı soğukkanlılıkla yapmaya çalışmıştı. Irina'nın yemi yutacağını umuyordu. Onu hatırlayamasa da, Irina da orada olmalıydı.

"Ama sadece ben yoktum."

"Neler oluyor?" diye sordu Dan titrek bir sesle.

"Neden yaptın?" dedi Amy. "Hiç mi vicdanın sızlamadı?"

"Ben yapmadım," dedi Irina. "Ama, evet. Orada olduğum doğru."

"O halde katilin suç ortağıydın."

Dan'in suratı hayretle çarpıldı. Biri karnına bir tekme atmış gibi bir adım geriledi.

Bu arada, Shep sesini yükseltti. "Uçağıma binmeme izin verirseniz..."

"O uçak sizin değil," dedi görevli. "Bay Gregory

Tolliver üzerine zimmetli. Kendisine ulaşmaya çalışıyoruz, ama cep telefonu kapalı."

"Bay Tolliver benim arkadaşım," diye açıklamaya çalıştı Shep. "İzne çıkacağını söylemişti. Uçağını geçici olarak bana verdi."

"Üzgünüm, ama bu iddianızı Bay Tolliver'a doğrulatmak zorundayız."

"Ama ben..."

"Suç ortağı olduğumu kabul etmiyorum," dedi Irina, Amy'ye. "Ben çıkıp gittim. Ama birimiz geride kaldı. Kim olduğunu hatırlıyor musun?"

"Sen söylesene."

"Olmaz. Kendin hatırlamalısın."

"Sürekli Isabel'i suçluyorsun. Ama o da seni suçluyor. Hanginize inanacağım? İkiniz de bizim düşmanımızsınız."

Irina'nın yüzü bembeyaz kesildi. "Yanılıyorsun. Beni Isabel'le aynı kefeye koyamazsın."

"Biz salona geri dönsek?" diye önerdi Nellie. "Çocukları burada daha fazla bekletmeyelim."

Irina, Amy'nin bileğine yapıştı. "Bana inanmak zorundasın."

"Hey! Bırak onu!" dedi Shep. Görevliye döndü. "Bu kadının doğru söylediğinden emin olmadan çocuklara dokunmasına izin veremezsiniz." Bir an Amy'ye baktı. Diğerlerine belli etmeden yumruğunu sıkıp boşluğa vurur gibi yaptı. *Aile*, diye düşündü Amy. Shep sanki onlara veda ediyordu.

Irina, Amy'nin bileğini bıraktı, ama ısrarından vazgeçmedi. "Seni durduramam," dedi usulca. "Ama uyarımı hatırla."

Shep, Irina'yla tartışmaya başlayınca, görevli Nellie'ye döndü. "Tamam. Siz salonda bekleyin."

"Teşekkürler. Eminim, birazdan her şey yoluna girer." Amy ve Dan'i oradan uzaklaştırdı ve görevlilerin onları duyamayacağından emin olduğunda, "Uçağa gidiyoruz," dedi.

Amy şaşırdı. "Ne?"

"Shep uçuş kâğıtlarını bana verdi. Şortunun cebindeymiş. Acele edelim."

"O uçağı uçurabilecek misin?" diye sordu Amy huzursuzca.

"Çocuk oyuncağı."

"Ya güvenlikler?" diye sordu Dan.

"Onun için çabuk olalım diyorum ya? Heyecanınızı belli etmeyin. Rahat davranın."

"Söylemesi kolay," diye homurdandı Dan. "Düpedüz bir uçak kaçıracağız."

"Merak etme. Tereyağından kıl çeker gibi kolay olacak."

Nellie uçağa doğru yürüdü. Arkasına göz atıp merdiveni çıktı. Amy'yle Dan de peşinden gitti.

"Emniyet kemerlerinizi bağlayın. Ben kuleyle bağlantıya geçeceğim. Shep henüz olanlardan haberdar değillerse, bize izin vereceklerini söyledi. Bu arada..." Nellie onlara dönüp sırıttı. "Size iyi şanslar diledi."

Amy'yle Dan kemerlerini bağlarken Nellie kontrol kulesiyle konuştu. Uçak yavaşça piste çıktı. Amy burnunu cama yapıştırdı. Shep elini kolunu sallayarak görevlilerle tartışıyordu. Uçağın hareket ettiğinin farkında bile değillerdi.

Ama Irina onları görmüştü. Gözünü bile kırpmadan uçağı izliyordu. Amy onun yetkililere haber vermesinden endişelendi. Ama Irina bunu yapmadı. Onlara sessizce bakmayı sürdürdü.

Gitmelerine izin mi verecekti?

O sırada, uçak hızlandı. "Kalkıyoruz," diye seslendi Nellie. Pistte ilerlemeye başladılar. Amy koltuğunun koluna yapıştı. Nellie'nin pilotluk becerilerini abartmadığını umuyordu.

"Umarım acil durumlar için bir yerlerde birkaç

paraşüt vardır," diye mırıldandı. Dan de koltuğunun koluna yapışmıştı. Cevap vermedi.

Uçak sorunsuzca havalandı. Darwin şehrinin üzerinden geçip yeşil sulara doğru ilerlediler.

Hoparlörden Nellie'nin sesi yükseldi. "Sayın yolcular. Güvenli bir kalkış gerçekleştirmiş bulunuyoruz. Lütfen, arkanıza yaslanın ve yolculuğun keyfini çıkarın. Bir sonraki durağımız, Java olacak."

Amy, Dan'in kulağına eğildi. "Nellie bizi şaşırtmaya devam ediyor. Sanki bütün bunlar için özel bir eğitim almış gibi." Dan cevap vermedi. Ciddi bir yüzle camdan bakıyordu. "Artık onu tanıdığımdan bile emin değilim."

Dan birden ona döndü. "Bak, o hissi ben de biliyorum."

Amy şaşaladı. "Efendim?"

"Isabel sana annemizle babamızı Irina'nın öldürdüğünü mü söyledi? Ve sen de bunu benden gizledin, öyle mi?"

Amy kardeşinin kulaklarının kızardığını fark etti. Ağzı hafifçe çarpılmış, gözleri dolmuştu.

"Sana söyleyecektim. Sadece..."

Emin olmak istedim. En olmadık zamanlarda aklıma gelen şu bölük pörçük anılar... Gerçek olup olma-

dıklarını bile bilmiyorum. Korkuyorum, Dan. Ya hepsi benim suçumsa? Ya annemle babam benim yüzümden öldüyse?

"Öyle mi?" dedi Dan sertçe. "Ne zaman? Yarın? Gelecek hafta? Ya da belki hiç?"

"Biraz beklemek istedim." Bu açıklama Amy'ye bile yetersiz göründü.

"Annemizle babamız öldürülmüş. Sen bunu öğrendin ve bana söylemedin."

"Katilin Irina olduğundan emin değiliz ki."

"Şimdi de Irina'ya mı inanıyorsun?"

"Isabel'e güvenmek de bir o kadar aptalca değil mi? Beni köpekbalıklarına yem etmeye çalıştığını unuttun galiba?"

"Yine de bilmek hakkımdı. Bana bebek gibi davranmaktan vazgeç!"

"Sen benim kardeşimsin! Seni korumak zorundayım."

"Ama artık bebek değilim. Bazı şeyleri anlayacak yaştayım. Seni defalarca kurtardım. Seni kıpırdamaya bile korktuğun yerlerden ben çıkardım. Neden hâlâ korunmaya muhtaç bir çocukmuşum gibi davranıyorsun?"

Senin ablanım da ondan, demek istedi Amy.

Ama diyemedi. Bunu yaparsa Dan'in uçaktan atlayacağından korktu. Hem de paraşüt takmadan!

Ona çaresizce bakmakla yetindi.

"Sırlar ve yalanlar," dedi Dan. "Tebrikler, abla. İşte şimdi tam bir Cahill oldun."

YİRMİ BİRİNCİ BÖLÜM

Dan bir gün bakıcısının bir uçağın pilot koltuğundan, "Sıradaki durağımız, Java," diyeceğini hayal bile edemezdi.

Ve bir gün ablasına karşı böyle duygular besleyebileceği de aklının ucundan geçmezdi.

Dan yedi yaşındayken camlı bir kapıya çarpmıştı. Koşuyordu ve kapıyı fark etmemişti. Cama sertçe çarpıp geri sekmiş ve kendini yerde bulmuştu. O anki şokunu asla unutamazdı. Acı daha sonradan gelmişti.

Şimdi de tıpkı o günkü gibi hissediyordu.

Genelde, anne ve babasının ölümünü düşünmemeye çalışırdı. Ama tabii ki, bundan kaçışı yoktu.

Hemen her gün belki bir ya da birkaç kez aklına geliyordu. Dan özellikle de ya şöyle olsaydı, ya böyle olsaydı gibi soruları sormaktan kaçınıyordu. Babası onu bir futbol maçına götürebilseydi, ya da annesi astım atakları sırasında yanında olabilseydi, hayatı nasıl olurdu acaba? Ne zaman aklından böyle bir soru geçse, hemen kendine kızıyordu. Evlerinde çıkan yangın gerçekti. Onların kaderi buydu. Dan zamanı geri alamazdı. Ortada suçlanacak kimse de yoktu.

Ama yanılıyordu. Suçlanacak biri vardı. Biri ailesini ondan çalmıştı. Biri çocukluğunu ondan çalmıştı. Biri o serin gecede birbirini seven dört kişinin yaşadığı eve girmiş ve bir yangın çıkarmıştı.

Dan başını iki yana salladı. Bacakları titriyordu. Denize baktı. Beatrice teyzenin bir sözü aklına geldi. *Gökyüzü gibi uçsuz bucaksız bir şeye baktığında insana kendi dertleri ne kadar da önemsiz geliyor*, derdi. Anne ve babalarını kaybeden iki küçük çocuğu böyle avutmaya çalışmıştı. Beatrice teyze koca bir aptaldı.

Hint Okyanusu bile Dan'in moralini düzeltemiyordu. Amy'yle konuşsa belki sıkıntısı hafiflerdi. Ama onunla bir daha hiç konuşmamaya karar vermişti.

Amy'ye defalarca öfkelenmişti. Ama bu Amy'nin Dan'in en yakın arkadaşı, Liam onlara gelmeden hemen önce, Matchbox arabalarını saklamasından daha kötüydü. Beatrice teyzeye onun Beethoven hayranı olduğunu söyleyip Dan'e zorla piyano dersi aldırtmasından da daha büyük bir hainlikti. Mısır'da, Grace'in bütün hatıralarını kendine saklamaya çalışmasından da öyle.

Dan bunu daha önce yaşadıkları anlaşmazlıkların hiçbiriyle kıyaslayamazdı.

Amy anne ve babalarının öldürüldüğünü öğrenmiş ve bunu ondan gizlemişti. Hayatlarındaki en önemli gerçeği ondan saklamıştı.

Yangın bir kaza değildi. Babası şömineyi söndürmeyi unuttuğu ve bir kıvılcım halıya sıçradığı için çıkmamıştı. Biri bilerek evlerini kundaklamıştı.

Ve Amy bunu biliyordu. O gece aşağı inmişti. Belki de katili görmüştü.

Dan ablasıyla bir ekip olduklarını sanırdı. Hayatı paylaştıklarını.

Ufka dek uzanan denize baktı. Bu şoku nasıl atlatacağını bilmiyordu. Ailesini kaybetmişti. Grace artık yoktu. Ve şimdi de Amy onu terk etmişti.

Dan'in kimsesi kalmamıştı.

Nellie uçağı Halim Perdanakusuma Uluslararası Havaalanı'na ustaca indirdiğinde hava hâlâ aydınlıktı. Burası Jakarta şehrinin güneyindeydi. Nellie kulaklığını çıkarıp rahat bir nefes aldı. "Uf, çok yoruldum."

Kendi çantasını koluna takıp Saladin'in taşıma çantasını aldı. "Gümrükte sorun çıkarsa konuşma kısmını bana bırakın."

Ondan kolay ne var, diye düşündü Amy. Dan hiç konuşmuyordu ki.

Gümrükten sorunsuzca geçtiklerinde hepsi rahatladı. Halim ucuz tarifeli uçakların indiği, küçük bir havalimanıydı. Onun için pek kalabalık değildi. Az sonra, onları şehre götürecek mavi bir taksiye bindiler. Nellie cep telefonunu açıp bir otel ayarladı.

"Shep'e indiğimizi haber verdim," dedi. "Bir yolcu uçağına binip jeti buradan almaya gelecek." Onlara endişeli bir bakış fırlattı. "Ne o? Dilinizi mi yuttunuz? Uyumadığınız zamanlarda durmadan konuşurdunuz. Neyiniz var?"

Dan cevap vermedi. Palmiye ağaçlı yola bakmayı

sürdürdü. Gün ağarıyordu. Taksi şoförü yoğun trafikte ustaca şerit değiştiriyordu.

Jakarta'nın ışıkları giderek yaklaşıyordu. Güneşin ilk ışıkları yüksek binaların üzerine vuruyordu. Gökdelenler bir bilim kurgu filminden fırlamış gibiydi. Taksi otobandan geniş bir caddeye saptı. Otobüs, taksi ve motosikletlerin oluşturduğu bir girdap onları bir meydana doğru sürükledi. Ortada fıskiyeli, güzel bir havuz vardı. Taksi meydanın etrafında bir tur atıp dar bir sokağa saptı. Yüksek binaları arkalarında bıraktılar.

Amy ilk kez bu kadar kalabalık ve bunaltıcı bir şehir görüyordu. Kahire'nin karmaşık olduğunu düşünmüştü, ama burası bambaşka bir alemdi. Bütün şehir arabalarla dolu bir labirenti andırıyordu. Hava egzoz dumanıyla ağırlaşmıştı.

Nihayet taksi beyaz bir binanın parlak turuncu tentesinin önünde durdu. Üniformalı bir görevli arabanın kapısını açmak için koştu. Nellie havaalanında hazırladığı bahşişi adama verdi.

Nellie resepsiyonda otele girişlerini yaparken, çocuklar lobide bekledi. "Yarın Anak Krakatau'ya gitmek istiyoruz," dedi Nellie resepsiyoniste. "Bize yardımcı olabilir misiniz acaba?"

"Başka bir zaman olsa seve seve," dedi adam. "Ama şu anda oraya gitmek yasak. Volkan faaliyete geçtiğinde kimse adaya ayak basamaz."

Amy ağlamak istedi. Bunca yolu boşuna mı gelmişlerdi? O adaya gittiklerinde Robert Henderson'ın bıraktığı bir izi bulacaklarını düşünmüştü. Ama Jakarta farklıydı. Burada araştırmaya nereden başlayacaklarını bile kestiremiyordu.

Nellie omzunun üzerinden onlara baktı ve anlayışla gülümsedi.

"Amerikan tarzı bir şeyler yiyebilir miyiz?" diye sordu resepsiyondaki adama. "Cheeseburger var mı?"

Nellie onlar için gerçekten endişelenmiş olmalıydı. Yoksa yerel yemekleri tatma fırsatını hayatta kaçırmazdı. Amy de endişeliydi. Dan'in bu kadar uzun bir süre konuşmadan durabileceğini tahmin etmezdi doğrusu.

Görevli gülümsedi. "Jakarta'da bulamayacağınız pek az şey vardır. İsterseniz, cheeseburger'lerinizi odanıza gönderebilirim."

"Yanında patates kızartması da olsun," dedi Nellie.

Asansörle odalarına çıkıp eşyalarını yerleştirdiler. Amy, Saladin'i çantasından çıkardı.

Nellie elini beline koyup onlara baktı. "Pekâlâ.

Anlatın bakalım. Neler oluyor? Neden konuşmuyorsunuz? Aşağıda cheeseburger dedim. Dan en ufak bir tepki bile vermedi."

"Özel bir nedeni yok," dedi Dan. "Canım konuşmak istemiyor."

"Yorgunuz," diye mırıldandı Amy dudaklarını Saladin'in yumuşak tüylerine değdirerek.

"Haklısınız," dedi Nellie. "Şu Krakatau olayı benim de canımı sıktı. Yarın sabah ne yapabileceğimize bakarız. Bu akşam bir DVD kiralayıp dinlenelim derim." Uzun uzun esnedi. "Belki adaya yanaşmanın bir yolunu buluruz. Ama o şekilde bir ipucu bulur muyuz bilmem. Bu arada, biz ne arıyoruz?"

"Onu biz de bilmiyoruz," dedi Amy.

"Sahi mi?" dedi Dan alayla. "Ben senin bilmediğin bir şey yok sanırdım."

Nellie bir Dan'e, bir Amy'ye baktı. "Pekâlâ. Artık bundan bahsetmeyelim. Karnımızı doyurup güzel bir uyku çekelim. Yarın ola, hayır ola."

Amy uyandığında bir an nerede olduğunu hatırlayamadı. Hava zifiri karanlıktı. Havalandırmanın hafif uğultusu dışında oda sessizdi. Hangi oteldeydi? Hangi şehirde, dahası hangi ülkede? Bir korna çaldı. Odada belli belirsiz bir koku vardı. Cheeseburger kokusu. Ne kadar tatsız olduklarını hatırladı. Tabii ya.

Jakarta'daydı. Java'da.

Bu isimler ona öylesine yabancı geliyordu ki. Daha bir ay önce haritadan yerlerini bile gösteremezdi. Darwin'den havalanıp Hint Okyanusu üzerinden batıya uçmuşlardı. Boston, Massachusetts'ten bu kadar uzaklaştıklarına inanamıyordu.

Amy ne kadar uğraştıysa da, bir daha uyuyamadı. Gözleri karanlığa alışmıştı. Çekyatta uyuyan Dan'e baktı.

Kardeşini üzmüştü. Onun kalbini kırmıştı. Bütün akşam ona bir açıklama yapmak için fırsat kollamıştı. Ama açıklamak itiraf etmek demekti. Amy'nin bununla yüzleşecek gücü yoktu. O gece olanları hayatından silmek istiyordu. Dan'e anlatırsa her şey daha bir gerçek olacaktı sanki.

Derin bir iç çekip yan döndü. Nellie geniş yatağın bir köşesine büzülmüştü. Doğan güneşin ışığı perdenin kenarına vuruyordu. Amy perdenin turuncuya boyanan ucuna baktı. Kalp atışları hızlandı.

Yangın.

"Çocukları çıkar!"

Yorganı açıp elleriyle kulaklarını kapadı. Kafasının içinde kendi çığlığını duydu. *Anne! Gitme!*

Ayağa fırlayıp odada dolanmaya başladı. Gidip perdeyi açtı. Güneş gökdelenlerin ardından yükseliyordu.

Amy parmaklarının ucuna basa basa yürüdü ve çekyatın kenarına oturdu. "Dan," diye fısıldadı.

Dan uyanmadı.

"Dan!"

Dan gözlerini kırpıştırarak ona baktı. "Nereye gidiyoruz? Pantolonum nerede?"

Amy gülümsedi. Ama Dan birden kendine geldi ve ona soğuk bir bakış fırlattı.

"Sana söylemediğim için özür dilerim," dedi Amy.

"Boş ver."

"Dan, yanlış anladın. Ben…"

"Boş ver dedim ya?"

"Beni affettin mi yani?"

"Öyle bir şey demedim." Çenesini sıktığında dudakları ince bir çizgi halini aldı. "Ne hatırlıyorsun, anlat. Irina her şeyi biliyor belli ki."

"Hayır, bilmiyor. Ben de hepsini hatırlamıyorum.

Bazı sesler duydum ve aşağı indim. Evde tanımadığım insanlar vardı. Bakışları hoşuma gitmedi. Korktum. Sonra Isabel Kabra beni kucağına aldı." Amy yutkundu. Dan'e koalaları söyleyemezdi. Kardeşi anne ve babalarını bir akrabalarının öldürdüğü gerçeğini bile kabullenemiyordu. Bir de bütün bunların onun suçu olduğunu öğrenirse, bir daha yüzüne bakmazdı.

"... annem de korkmuştu. Bakışlarından anladım. Sonra sokak kapısının kapandığını duyup rahatladım. Nihayet gitmişlerdi. Meğer gitmemişler. Odamın camından baktığımda pencerenin altında duruyorlardı. Isabel o gece harekete geçmeleri gerektiğini söylüyordu. Diğerleri cevap vermedi."

"Ya annemizle babamız? Onlar ne yaptı?"

Amy başını iki yana salladı. "Annem seninle beni dışarı çıkardı. Babam raflardaki kitapları indiriyordu."

"Bir şey arıyordu."

"Annem bizi bahçeye götürdü. Bana senin yanından ayrılmamamı söyledi ve eve koştu. Ben de bekledim. Dışarı çıkmalarını bekledim. Ama çıkmadılar." Amy'nin yanaklarından yaşlar süzülmeye başladı. *Kardeşine göz kulak ol.* Söylemesi kolaydı.

Dan ablasının ağlamasından utanmış gibiydi.

"Şimdi sırası değil, Amy. Yapacak işlerimiz var."

"Bundan sonra benimle konuşacak mısın? Artık küs değiliz, değil mi?" diye sordu Amy ağlamaklı bir sesle.

"Başka şansım var mı? İpucu avı bitmedi. Hâlâ iz peşindeyiz."

Amy, Dan'in sesindeki kırgınlığa aldırmamaya çalıştı. Belki aralarındaki buzlar zamanla erirdi. Dan kin tutabilen bir çocuk değildi.

Amy çantasından bir paket bisküvi çıkarıp Dan'e fırlattı. "Kahvaltı."

Dan paketi açtı. "Dün gece Henderson'ın izini nasıl sürebileceğimizi düşündüm. Burası kocaman bir şehir."

"Keşke Krakatau'yu görebilseydik," dedi Amy. "Orada Henderson'a ait bir ipucu bulurduk belki."

"Nellie cheeseburger var mı diye sorduğunda resepsiyondaki görevlinin ne dediğini hatırla." Dan'in ağzının kenarına bisküvi kırıntıları yapışmıştı. Ama Amy onun sözünü kesmedi. "Jakarta'da her şey bulunurmuş. Bence şehri dolaşmaya çıkalım. Belki gözümüze bir şey çarpar. Burada oturarak bir yere varamayacağımız kesin."

Amy, Nellie'ye baktı.

"Dün o kadar yorgundu ki, ilk kez müzik bile dinlemeden uyudu. Gel, biraz daha araştırma yapalım." Dan'in bilgisayarını kucağına aldı.

Dan tekrar yatağa düştü. "Araştırma mı? Daha parlak bir fikrin yok mu?"

"Belki şu gemiyle ilgili daha detaylı bilgi edinebiliriz. Nellie bizi okyanustan geçirdi. Yazık. Biraz daha uyusun."

"Doğrusunu istersen, ben Nellie'ye eskisi kadar güvenmiyorum."

"Öyle mi?"

"Hakkında her gün yeni bir şeyler öğreniyoruz. Uçakta ne dediğini hatırlamıyor musun?"

"Beni dinlemediğini sanıyordum."

"Dinledim. Sadece cevap vermedim. Gerekmedikçe yine vermeyeceğim. Bu iş için eğitim almış gibi dedin. Bence haklıydın."

"Rusya'da duyduğumuz şu tuhaf mesajı unutamıyorum. *Durum raporu ver.* Nellie gerçekten de esrarengiz biri. Ama bilmem ki. Onu uzun zamandır tanıyoruz. Bütün bunlardan önce ona bayılıyorduk."

"Bazen en yakınımızdakileri bile tanımıyoruz," dedi Dan. "Aslında kim olduklarını bilmiyoruz. Ben dersimi aldım. Artık kimseye körü körüne inanmayacağım."

Amy yanaklarının kızardığını hissetti. Dan'in sadece Cahill'lerden söz etmediğini biliyordu. Onu da kastediyordu.

Dan hâlâ uyuyan Nellie'ye baktı. "Aklıma bir fikir geldi. E-postalarına bakarsak belki bir şeyler öğreniriz."

"Nasıl yapacağız?" diye sordu Amy. "Ara sıra senin bilgisayarını kullanıyor, ama şifresini bilmiyoruz ki."

Dan utanmış gibi başını eğdi. "Ben biliyorum." Amy'nin şaşkın bakışları üzerine hemen açıklamaya koyuldu. "İstemeden oldu. Bir sabah e-postalarına bakmak için bilgisayarı açtı. Ben de klavyede hangi tuşlara bastığını gördüm."

Dan uyuyan Nellie'ye çabucak göz attı. "İstersek e-postalarına bakabiliriz yani."

"Çok ayıp," diye fısıldadı Amy.

Kısa bir sessizlik oldu. Amy iç çekti. "Bunu ilk ben düşünmeliydim."

Şifreyi girip bekledi. Birkaç saniye içinde Nellie'nin e-posta kutusu açıldı. Babasından bir mesaj vardı. Bir de Boston Üniversitesi'ne ait bir e-posta adresinden bir mesaj gelmişti.

"Bak. Aynı posta adresinden dün de bir mesaj gelmiş," dedi Amy. "Başlığı, *Naber, fıstık?*"

"Üniversiteden bir arkadaşı yollamıştır."

"Olabilir." Amy mesajı açtı. Ekranda başka bir şifre kutusu belirdi. "Ne tuhaf. E-postaların her birini şifreyle mi koruyor?" Amy, Nellie'nin babasından gelen mesajı açtı. *Nasılsın, kızım? Sidney'den beri aramadın. İnsan bir haber vermez mi? Bir gün yüreğime indireceksin. Mesajımı alır almaz beni ara, ya da iki satır yaz. Merakla bekliyorum. Not: Tayland'a filan uğrarsanız, bana birkaç şişe acı sos yolla.*

Amy gülümsedi. "Nellie'nin kime çektiği anlaşıldı."

"Diğer postalara da bak."

Amy hepsini açtı. Arkadaşlarından ve kız kardeşinden birçok posta vardı. Ama yalnızca Boston e-posta adresinden gelenler şifreliydi.

"Neden acaba?" diye mırıldandı Dan.

Uyuyan Nellie'ye baktılar. Yorgana sarındığı için yalnızca kafasının tepesi görünüyordu. O keskin bakışları olmadan sanki bir yabancı gibiydi.

"*Kimseye güvenmeyin,*" diye fısıldadı Amy. Bunu en baştan beri biliyorlardı. Ama Nellie? Ona güvenmemek akıllarının ucundan bile geçmezdi. Amy,

Nellie'nin onlardan sır saklayabileceğine inanamıyordu.

Dan öfkeyle kaşlarını çattı. "O bize bir şey söylemiyorsa, biz ona neden söyleyelim?" Bisküvi paketini buruşturup çöp kutusuna attı. "Gel, bulalım şu volkanı."

YİRMİ İKİNCİ BÖLÜM

Jakarta şehri onları ses ve renk cümbüşüyle karşıladı. Amy'yle Dan bir an otelin önünde durup sokaktan vızır vızır geçen araçlara baktı. Otobüsler, kamyonetler, arabalar, motosikletler ve bisikletler birbirine karışmıştı. Palmiye ağaçları rüzgârda salınıyordu. Kaldırımlar işlerine yetişmeye çalışan insanlarla doluydu.

"Amma trafik var," dedi Amy. "Burada bir yerden bir yere ulaşmak saatler alıyordur."

Amy her zaman bu kadar olumsuz muydu? Yoksa Dan ona kızgın olduğu için mi daha çok fark ediyordu? "Şunlardan birine binersek sorun olmaz." Sokağın ilerisini işaret etti. Üç tekerlekli, turuncu bir motosiklet onlara doğru geliyordu. Arkasında bir de kutu gibi oturma yeri vardı. Dan motosiklete el salladı.

"Ne yapıyorsun?" dedi Amy telaşla.

"Taksi çeviriyorum. Hem bununla trafiğe de takılmayız."

"*Bajaj*," dedi motorun sürücüsü gülümseyerek. "En ucuz ve hızlı ulaşım yolu. Sizi istediğiniz yere götürürüm."

"Limana gitmek istiyoruz," dedi Dan.

"Tabii. Atlayın."

Motosikletin arkasındaki kabine oturdular. Sürücü gaza bastı. Amy'nin kafası koltuğun arkasına çarptı.

"Süper!" diye bağırdı Dan.

Motosiklet arabalarla kamyonetlerin arasında zikzaklar çizerek ilerliyordu. Bazen yol olmayan yerlerden gidiyor, ya da daracık ara sokaklara dalıyordu. Dan egzoz dumanından öksürmeye başladı. Şehrin gürültüsü etraflarını sarmıştı. Sanki uğuldayan bir makinenin içindeydiler.

Dan bütün bu kargaşaya rağmen Jakarta'ya bayılmıştı.

Az sonra, sokaklar daha da daraldı. Burunlarına deniz kokusu çarptı. Şoför yavaşladı ve bir pazar yerine girdiler. İnsanlar rengârenk plaj şemsiyelerinin altında balık satıyordu. Çocuklar kendilerini müthiş bir curcunanın ortasında buldu. Hem satıcılar hem de müşteriler bağırıyordu.

İleride renkli yelkenler göründü. Şoför limanın yakınında durdu. Dan adama para verdi.

"Adaları mı gezeceksiniz?" diye sordu şoför. "Kuzenimin bir balıkçı teknesi var. Sizi ona götüreyim mi?"

"Aslında biz Krakatau'ya gitmek istiyoruz," dedi Amy.

Adam başını iki yana salladı. "Olmaz. Yanardağ faaliyete geçti. Adaya gitmek yasaklandı."

"Kuzenin bizi oraya götüremez mi?" diye sordu Dan. "Sadece bir bakmak için?"

"Krakatau uzak. Yol bütün gün sürer."

"Bize göre hava hoş."

Dan adamın aileniz nerede diye sormasını bekledi, çünkü bunu merak ettiğini görebiliyordu. Hemen bir tomar para çıkardı.

Şoför parayı aldı. "Tamam. Gidelim."

Şoförün kuzeninin adı Darma'ydı. Tekne iskeledeyken sağlam ve yeterince büyük görünmüştü. Ama açık denize çıktıklarında, çocuklar birden panikledi.

Darma gülümseyerek etrafı gösterirken, Dan'le Amy yerlerine yapışmıştı. Motorun gürültüsünden Darma'nın sesini güçlükle duyuyorlardı. Teknede çalışan iki adam onların dilini bilmiyordu. Ama çocuklarla göz göze geldiklerinde gülümsüyorlardı.

Dalgalara bata çıka yol alıyorlardı. Amy balık kokusuna aldırmamaya çalışsa da, midesi bulanmaya başlamıştı. Parmaklıklara tutundu. Dan yüzünü rüzgâra dönmüştü. Su turkuaz rengiydi ve ileride bir dizi ada vardı. Daha küçük balıkçı tekneleri iskelenin yakınında kümelenmişti.

Bir süre sonra, bir burun göründü. Dan Java'nın köşesini döndüklerini tahmin etti. Krakatau batıdaydı.

Darma onlara seslenerek sırıttı. Amy, Dan'e baktı. "Ne diyor?"

"*Cumba* gibi bir şeyler söyledi. Konumuzla ne ilgisi var anlamadım."

"*Sunda Boğazı* olmalı. Java'nın köşesini döndüğümüzde oraya gireceğiz. Java'yla Sumatra arasındaki kanal. Rakata'ya oradan gidiliyor. Anak Krakatau'nun olduğu ada. Krakatau adası battığında başka bir ada onun yerini aldı. İsmi, *Krakatau'nun Çocuğu* anlamına geliyor ve..."

"Kendini tutamadığını biliyorum, ama lütfen, sus artık," dedi Dan.

"Burası ticaret gemilerinin geçtiği kanal!" diye bağırdı Darma. Bu kez onu gayet net duydular. Sonra sırıttı. "Sıkı tutunun."

Burnu döndüklerinde dalgalar yükseldi. Ama Darma tekneyi kıyıya yaklaştırdığında, kendilerini bir kez daha durgun sularda buldular. Kumsal muhteşem görünüyordu. Arkasında yükselen tepelerde gri ve yeşilin bütün tonları vardı. Mavi suyun karşısı Sumatra'ydı.

Java'yla Sumatra arasında seyreden bir teknedeyim, diye düşündü Dan. İnanılmaz!

Dan tam yanlarına birkaç sandviç almadıklarına üzülmeye başlamıştı ki, mürettebat hindistancevizi sütüyle pişen pirinç pilavlarıyla dolu kâseler getirdi. Dan'le Amy açık denizdeki büyük ticaret gemilerini izleyerek karınlarını doyurdu.

Darma onlara işaret ettiğinde güneş tam tepedeydi. "Boğazı geçiyoruz. İşte, Rakata."

Zirvesinde *Krakatau'nun Çocuğu* anlamına gelen, Anak Krakatau volkan dağının oturduğu ada görünmüştü. Dan'ın sırtından aşağı bir ürperti yayıldı.

Darma boğaza girdi ve balıkçı teknesini kanalın yoğun trafiğinden ustaca geçirdi. Sağ ve sollarındaki dev yük gemileri küçük tekneyi beşik gibi sallıyordu. Nihayet daha sakin sulara ulaştılar. Palmiye ağaçlı ve bembeyaz kumsallı adaların yanından geçtiler. Tropik bir cennetin tam ortasına düşmüşlerdi. Robert Cahill Henderson da buraya ilk geldiğinde tıpkı onlar gibi etkilenmişti şüphesiz. Ama o zamanlar ulu Krakatau'nun denizden yükseldiği yerde şimdi başka bir dağ vardı. Tepesi tepsi gibi düzdü ve gri-beyaz bir bulutun içinde kalıyordu. Dan bir gök gürültüsü duydu. Ama karşısındaki manzaraya o kadar dalmıştı ki, dikkate bile almadı. Volkan dağı gerçekten de muazzamdı. İnsan içinde fokurdayan enerjiyi hissedebiliyordu.

Uçakta, Amy'nin okuduklarını dinlemiyormuş gibi yapsa da, aslında zihni duyduklarını kaydetmişti. 27 Ağustos'taki son patlamanın ardından gelen tsunamilerde 36.000 kişi ölmüştü. Adanın üçte ikisi sular altında kalmıştı. En son patlama yaklaşık üç bin iki yüz kilometre uzaklıktan bile duyulmuştu. Şok dalgaları dünyayı yedi kez turlamış ve kül bulutu seksen kilometre kadar yükselip on üç gün boyunca dünyayı dolaşmıştı. Sonraki yıl boyunca olağanüstü günbatımları yaşanmıştı. Bütün bu rakamlar tek bir volkan dağının yarattıklarıydı.

Darma dümeni adamlarından birine devredip yanlarına geldi. "Bugün buralar tekin değil." Dağı işaret etti. "Volkan faaliyette."

Dan dağdan aşağı kayan bir şey gördü. Denize düştüğünde dumanlar yükseldi. Kıyıdaki taşlar teknenin yakınına kadar sıçradı. Dalgalara usulca batıp çıkıyorlardı. "Patlama olasılığı mı var?" diye sordu Dan.

"Hayır. Ama sıçrayan taşlar tekneye zarar verebilir."

Dan'le Amy adaya doğru baktı. Orayı keşfe çıksalar bile bir şey bulamayacakları apaçık ortadaydı. Krakatau bir kül ve ateş topuna dönüşüp bir kısmı denizin dibini boylamış, diğer kısmı havaya karışmıştı. İkinci dağın gücünü görmek patlamanın şiddetini anlamalarına yetmişti.

"Henderson'ın canını kurtarması bile mucize." diye fısıldadı Amy, Dan'e. "Uğruna emek harcadığı her şeyi kaybetmiş."

"Fotoğraf ya da video çekmeyecek misiniz?" diye sordu Darma şaşkınlıkla. "Turistlerin elinden makine eksik olmaz."

Başlarını salladılar. Bunu hatırlamaları için fotoğraflara ihtiyaçları yoktu.

Yeniden boğazdan geçmek oldukça sinir bozucuydu, ama Darma'nın kaptanlığına güveniyorlardı. Çocuklar saatler boyunca aynı kıyı şeridini seyretti. Şimdi akıllarında tek bir soru vardı. Jakarta'ya döndüklerinde ne yapacaklardı? Dan az kalsın bunu yüksek sesle soracaktı. Ama sonra gerekmedikçe Amy'yle konuşmadığını hatırladı. Amy'nin morali o kadar bozuktu ki, Dan bir an ona kızgınlığını unutmuştu.

Teknenin burnu dönüp Jakarta'ya yöneldiklerinde, güneş alçalmıştı.

Darma yine yanlarına geldi. "Bin Adalar'a çok yakınız. Turistlerin uğrak yeridir. Siz de görmek ister misiniz?"

"Hayır," dedi Amy. "Bir an önce şehre dönmeliyiz."

"Adalardan birine bir teslimat yapmam gerek. Rotamızdan sadece birazcık şaşacağız. İnanın, uzun sürmez."

Dan omzunu silkti. "Olur."

Adaların arasına girdiler. Bazılarında göz alıcı evler vardı. Diğerleri boştu.

"Küçük bir adada yaşayan yaşlı bir adam var," dedi Darma. "Bana şehirden erzak sipariş eder. Fazla konuşmaz. Bir arkadaşım onu Krakatau'ya götürmüş. O da sizin gibi video çekmemiş."

Darma motoru yavaşlattı ve yemyeşil, tropik bir adaya yanaştılar. Mürettebat erzakı lastik bir sala yüklemeye koyuldu. "Sadece bir dakika sürer," dedi Darma.

Amy birdenbire sırtını dikleştirdi.

"Dan," diye fısıldadı. "Bir biberiye çalısı gördüm! Irina'nın ipucunu hatırla."

Dan, Amy'ye baktı. "Bir dakika. Biraz tuhaf, biliyorum, ama... Sen de benim düşündüğümü mü düşünüyorsun?"

"Adadaki adam bir Cahill olabilir mi?"

"Ya da belki *Robert Cahill Henderson*?"

"Ama bu imkânsız. Yüz kırk yaşında filan olmalı."

Dan başını salladı. "Aynen. Belki de Cahill'lerin büyük sırrı sonsuz yaşamdır. Ya da en azından diğerlerinden daha uzun yaşamanı sağlayan bir formüldür. Bu seni dünyanın en güçlü insanı yapar. Belki de Robert Cahill Henderson ölmeye gitmedi. Belki buraya döndü ve son elli yıldır eski çalışmalarını sürdürüyor."

"Biraz çılgınca değil mi?"

"Ama doğru olabilir," diye diretti Dan.

İkisi de ayağa fırladı. "Biz burada iniyoruz," dedi Amy. "Erzakı da biz götürebiliriz."

"Ama burada otel yok ki," dedi Darma. "Turistlere uygun değil."

"Fark etmez," dedi Dan. "Kamp yapabiliriz." Cebinden bir tomar para çıkarıp Darma'ya verdi. "Yarın bizi almaya gelir misin?" Sonra tekneden dizlerine kadar gelen suya atlayıp erzak kutularından birini kafasının üzerine koydu.

Amy de diğer kutuyu aldı. "Şimdilik hoşça kalın."

Darma lastik salı tekneye çekti. Aklı karışmış gibiydi. Ama omzunu silkip onlara el salladı. Az sonra, tekne adanın köşesini döndü ve gözden kayboldu.

YİRMİ ÜÇÜNCÜ BÖLÜM

Nellie uyku sersemi elini saçlarının arasına daldırdı. Saate baktı. On iki saattir uyuduğuna inanamıyordu.

Dan'le Amy tabii ki dışarı çıkmıştı ve bu kez ona bir not bile bırakmamışlardı.

Nellie e-posta kutusunu açtı. Boston Üniversitesi adresinden iki mesaj vardı. Nellie şifreyi girdi. İç çekerek ekrana baktı.

ONLARI YANINDAN AYIRMA. KIRMIZI ALARM. DERHAL ORADAN AYRILIN.

"Söylemesi kolay," diye homurdandı Nellie.

Saladin yalvarırcasına miyavladı. Nellie onu kucağına aldı. "Zaten beni bir tek sen anlıyorsun." Dan'le Amy'yi yine kaybetmişti. Saçını başını yolmaya başlamadan önce onlara bir saat vakit tanıyacaktı.

Saladin kucağında debelendi. Nellie onu fazla sıkı tuttuğunu fark etti. Endişeliydi de ondan. Bir terslik vardı, ama ne?

Çocuklar bir yere gitmeden önce genellikle ona haber verirdi. Ama Nellie onun uçak kullanabildiğini öğrendiklerinde birbirlerine nasıl baktıklarını görmüştü. Ondan şüphelenmeye başlamışlardı. Zavallı ufaklıklar. Kime güveneceklerini şaşırmışlardı tabii.

O sırada, Boston Üniversitesi adresinden bir mesaj daha geldi. Konu kısmında *Beni suçlama* yazıyordu.

Demek ki, mesaj çok önemliydi.

Nellie dizüstü bilgisayarı kapadı. Çocukları bulmadan o e-postayı okumayacaktı. İçinde kötü bir his vardı.

Isabel dükkâna girerken Irina geride kaldı. Isabel bir araba kiralamıştı. Ama Irina motosikletle ona yetişmeyi başarmıştı. Kılık değiştirmişti tabii. Ancak Isabel her zamanki önlemlerin hiçbirini almamıştı. Demek ki, Jakarta'da kendini fazlasıyla rahat hissediyordu.

Isabel'in kanvas kumaştan alışveriş çantası şimdi ağzına kadar doluydu. Irina fotoğraf makinesinin zumuyla Isabel'in satın aldıklarını görebildi.

Sonuncusu Irina'yı iliklerine dek ürpertti. Tam da kuşkulandığı gibiydi. Isabel kurnazdı, ama hayal gücü geniş değildi.

Artık her şey açığa çıkmıştı. Isabel Kabra, Lucian'ların lideri olmaya devam edecekse, 39 İpucu'nun gücü asla onların kontrolüne geçmemeliydi.

Irina liderine karşı gelmesinin ne gibi sonuçlar doğuracağını iyi biliyordu. Dışlanacaktı. Bütün Lucian'lar onun bir hain olduğunu öğrenecekti. Isabel'le Vikram bunun için özel bir çaba gösterecekti. Bir hikâye uydurup olayları işlerine gelecek şekilde çarpıtacaklardı. Irina'nın bütün ayrıcalıkları elinden alınacaktı. Parası, bağlantıları ve görevi. Dünya bomboş bir yere dönüşecek ve Irina bir hayalet olacaktı.

Başka seçeneği yoktu. Denemek zorundaydı. *Senin ondan ne farkın var*, demişti Amy.

Farkımız bu işte. Benim yapmayacağım şeyler var. Gerçekleşmesine izin vermeyeceğim şeyler.

Arkasını döndüğünde Ian ve Natalie'yle çarpıştı.

Natalie gülümsedi. Siyah bir güneş gözlüğü takmıştı. Gözleri görünmüyordu.

"Haberler iyi," dedi Irina. "Etrafı iyice kolaçan ettim. Anneniz takip edilmiyor." Şu iki küçük yılana sinirlerini ne kadar bozduklarını belli etmeyecekti.

"Benim daha da güzel haberlerim var," dedi Natalie. "Annem sabah yeni emirler aldı."

"Eee?"

Irina bu arada, işaretparmaklarındaki iğneleri çıkardı. Isabel'in ufaklıkları uzunca bir süre ayak altında dolaşmasa ne güzel olurdu.

Natalie o kadar hızlı davrandı ki, Irina şaşaladı. Şımarık Natalie'nin işe yaramaz bir kız olduğunu düşünmüştü hep. Ama Natalie, Irina'nın parmaklarından birini yakalayıp geriye büktü. Irina parmağının eklem yerinde müthiş bir acı duydu ve iğne etine battı.

Amy'yle Dan kutuları kumsala bırakıp yürümeye devam etti.

"Keşke Darma'yı göndermeseydik," diye hayıflandı Amy. "Kimseyi bulamazsak geceyi bu ıssız adada geçirmek zorunda kalacağız."

"Ne güzel işte. Robinson *Korozko* gibi."

"Robinson Crusoe," diye düzeltti Amy. Sık, tropikal bir ormanın içinden bir patika geçiyordu.

"Troppo bizi gördüğüne sevinecek bence," dedi Dan. "Biz kocaman, mutlu bir aile değil miyiz?"

Amy'nin içinde kötü bir his vardı. Güneş tepenin arkasında alçaldığı için gölgeler uzamıştı. Amy burada ne bulacaklarını bilmiyordu, ama birden ürktü.

Dan bir açıklığa çıktı. "Vay canına. Şuna bak!"

Palmiyelerin kıyısında büyük bir bina vardı. İnşaat malzemeleri her yere saçılmıştı. Büyük beton bloklar, tel bobinleri, tuğlalar ve kil karolar yığınlar halinde duruyordu. "Bir otel inşaatı gibi," dedi Dan. "Bak, yolun aşağısında başka binalar da var."

"Dan," dedi Amy. İleride bir yeri işaret etti.

Kumda ayak izleri vardı. Dan hemen kendi ayağıyla karşılaştırdı. Kumdaki izler büyüktü. Yetişkin bir erkeğe ait olmalıydılar. Amy korkuyla ürperdi.

Terk edilmiş otele doğru ilerleyen izleri takip ettiler. Patika yarımay şeklinde, küçük bir kumsalda son buluyordu. Batan güneş kumları pembeye boyamıştı. Kumsalın etrafı palmiyelerle çevriliydi. Ayak izleri daha derin kumlarda kayboldu.

Amy göz ucuyla bir hareket sezinledi. İki palmiye ağacının arasına bir hamak gerilmişti. Usulca ileri geri sallanıyordu. Amy onda kimin yattığını göremiyordu, ama bu kişi her kimse bir ayağını hamağın kenarından sarkıtmıştı.

Nefeslerini tutarak biraz daha yaklaştılar. Hamağın kenarından limon sarısı bir şort göründü. Pamuklu kumaştandı ve özenle ütülenmişti. Sonra beyaz, tiril tiril bir gömlek göründü. Adamın gözleri kapalıydı ve gülümsüyordu. Bu, kuzenleri Alistair Oh'tan başkası değildi.

YİRMİ DÖRDÜNCÜ BÖLÜM

Alistair tek gözünü açtı. Onları gördüğüne şaşırdıysa bile belli etmedi.

"Cennete hoş geldiniz."

Ayaklarını kumlara basıp doğruldu. "Ne o? Hayal kırıklığına uğramış gibisiniz."

"Seni burada görmeyi beklemiyorduk," diye mırıldandı Dan.

"Ben de aynısını söyleyebilirdim, ama doğru olmazdı," dedi Alistair. "Sizin en olmadık yerlerde karşıma çıkmanıza alıştım artık."

Dan bir ağacın gövdesini yumruklamak istedi. Dünyanın en yaşlı insanının izinde olduğunu sanmıştı. Onun yerine, bir Cahill'le daha karşılaşmışlardı.

Üstelik Dan, Alistair'a karşı ne hissettiğinden bile emin değildi. Kore'deki mağarada Alistair'ın öldüğünü sandıklarında, Amy hıçkırıklara boğulmuştu. Dan'in bile gözleri dolmuştu. Yok ya. Bal gibi de ağlamıştı. Biraz. Sonra Alistair'ın ölmediği ortaya çıkmıştı. Onları kandırmıştı. Hem bu ilk de değildi. Alistair, Ekaterina kolundandı ve 39 İpucu'nu bulmayı en az onlar kadar istiyordu.

Gelin görün ki, Alistair Mısır'da onlara yardım etmişti. İcat ettiği denizaltının batması onun hatası değildi. Ama bir dakika. Belki de tamamen onun hatasıydı. Az kalsın Nil'de balıklara yem oluyorlardı.

"Burada ne yapıyorsun, Alistair amca?" diye sordu Amy.

"Sizinle aynı şeyi. Robert C. Henderson'ın Krakatau'da ne işler karıştırdığını öğrenmeye çalışıyorum. Henderson zehir gibi bir adammış. Bir Ekat olduğunu söylememe gerek yok herhalde?"

"O kadarını tahmin ettik," dedi Dan. "Avustralya'da izini sürdük."

Alistair'ın gözleri parladı. "Aman ne iyi. Endonezya'ya kadar gelip de merakınızın hiç olmazsa birazını gidermemeniz yazık olurdu. Gelin, bir anlaşma daha yapalım. Siz bana Avustralya'da öğrendiklerinizi anlatın. Ben de size burada öğrendiklerimi. Ne diyorsunuz?"

Dan'le Amy birbirlerine baktı. Daha önce de Alistair'la bilgi paylaşmışlardı. Genellikle işler yolunda gitmişti.

"Henderson'ın bir bilim insanı olduğunu öğrenmişsinizdir," dedi Alistair. "Kolumuzdaki pek çokları gibi, bir dâhiydi. Ekat sosyetesinde bir çevre edinmekte gecikmedi ve liderlerimizin dikkatini çekti. Büyük projeleri vardı. Ama sonra korkunç bir hata yaptı." Duraksadı. "Bir Lucian'a âşık oldu."

"Olamaz," diye homurdandı Dan. "Aşk hikâyelerinden nefret ederim."

"Ama aynı zamanda bir ihanet hikâyesi. Aşk hikâyelerinin çoğu gibi. Kız bir asilzadeydi. Kraliçe Victoria'nın kuzeniydi. Bu da Ekat'lara bir fikir verdi. Ortalıkta bir söylenti dolaşıyordu. Altmış yıl kadar önce Rus monarşisinden, Lucian bir asilzade 39 İpucu'nun çoğunu, hatta hepsini bulmuştu. Sonra Madrigal'lar bir baskın sırasında bütün ipuçlarını yok etmişti. Ama bu asilzade ipuçlarının bir kopyasını onlardan kaçırmayı başarmıştı. 1880'ler civarında, bu kopya Londra'daki Lucian kalesine ulaşmış. Çar Nicholas'la ailesini 1918'de Madrigal'ların katlettiğine inanıyoruz. O listeyi ararken. Ama bu başka bir hikâye. Listenin Londra'ya ulaştığını yalnızca Ekat'lar biliyordu."

Amy'le Dan birbirlerine bakmadı bile. Rusya'da, ipuçlarının bir zamanlar toplandığına dair bir kanıt bulmuşlardı. Ama bunu Alistair'a söylemeyeceklerdi.

"Gelgelelim, tipik Lucian'lar işte. İpuçlarını türlü yalan dolan ve hile ile toplasalar bile miktarları kestirememişler. Bu Ekat'ların işi. Onun için, Robert Henderson'ı ihanete zorladılar. Nişanlısının babası Lucian'ların lideriydi. Robert casusluk yapacaktı. Lucian'ların 39 İpucu'nu topladığından emin olacaktı. Aksi halde, Ekat'lar onu sonsuza dek dışlayacaktı."

"Ne fena," diye inledi Amy.

Alistair ona baktı. "Bunca zaman ve çaba sonra bile hâlâ bunun ne kadar önemli olduğunu anlamıyorsun."

"Hayır. Ben sadece..."

Alistair başını iki yana salladı. "Nelerin tehlikede olduğunu anlasaydın, bazen acımasız davranmak gerektiğini bilirdin. Sonuçta Robert Henderson iki arada bir derede kaldı. Nişanlısına âşıktı. Ama o aynı zamanda bir bilim insanıydı. İpuçlarını bulma ve bir araya getirme fırsatı aklını çeliyordu. Sonunda Lucian'ların elindeki kopyayı çalmayı başardı. Lucian'lar tabii ki bunu kimin yaptığını anladı ve nişan bozuldu. Ekat'lar Henderson'ı Güney Denizi'ne açılan bir gemiye bindirip Darwin'le ilgili hikâyeyi uydurdu. Aslında Henderson Endonezya'ya geldi. Sonra ölümcül bir hata yaptı. Laboratuvarını meşhur bir volkana inşa etti. Bunun bazı sebepleri vardı tabii. Volkanda yerleşim yoktu. Ayrıca laboratuvarı için jeotermal enerjisinden de faydalanabilirdi. Ne de olsa, Henderson bir Ekat'tı. Bilerek bir risk aldı. Ama bu kumarı kaybetti."

"Neler olmuş?" diye sordu Amy. "Krakatau'nun patladığını biliyoruz, ama Henderson o sırada neredeymiş?"

"Şu patlama. Kim bilir onu ne tetikledi? Ekat'lardan bazıları Madrigal'ların Henderson'ın laboratuvarını havaya uçurduğunu düşünüyor. Bu da bir dizi patlamaya sebep olmuş. Henderson şanslıydı. Laboratuvarı için sipariş ettiği malzemeleri almaya limana gitmişti. Volkanın faaliyete geçtiğini biliyordu. Adada depremler oluyordu. Tehlikenin farkındaydı. Ama bir yandan da, hedefine çok yaklaşmıştı. İşte bu yüzden, son ana dek oradan ayrılmadı. Canını zor kurtardı. Laboratuvarı ilk patlamalardan birinde tamamen çöktü. Henderson da yaralandı. Ertesi sabah, kanalı geçip Anjer adındaki kıyı kasabasına geldi. Henderson oradayken tsunami felaketi oldu. Dev dalgalardan tepelere kaçarak kurtuldu. İnsanlar otuz metrelik dalgalarla denize sürüklendi. Bazıları kayalara çarptı. Henderson bu dehşete tanık oldu. Sonrasında Jakarta'ya gittiğini biliyoruz. Haftalar sonra Sidney'e doğru yola çıktı ve izini kaybettik. Henderson'ın akli dengesini kaybettiğini düşünüyoruz. Öylece ortadan kayboldu." Alistair bir an duraksadı. "Ben bildiklerimi anlattım. Şimdi sıra sizde."

"Henderson hapse girmiş," dedi Amy. "Avustralya'da onu Bob Troppo adıyla tanıyorlar. Coober Pedy'ye dek izini sürdük. Orada opal madenciliği yapmış. Kimse gerçek adını bilmiyordu. Ona Eşeleyici diyorlardı. 1950'lerde ölmüş. Fazla konuşmazmış. Ardında bir ipucu da bırakmamış. Madenin duvarlarına bazı anlamsız yazılar yazmış o kadar."

"Henderson bir ipucu bıraktı," dedi Alistair. "Eminim, çünkü bende."

"Nereden buldun?"

"Ah." Alistair gözlerini kaçırdı. "Bunu daha sonraya bıraksak?"

"Görebilir miyiz?"

Alistair gömleğinin cebinden eski bir kâğıt parçası çıkardı. "Burada ne demek istediğini çözebilirseniz, ipucunu paylaşırız. Anlaştık mı?" Çocuklar başlarını salladı. Alistair kâğıdı onlara uzattı.

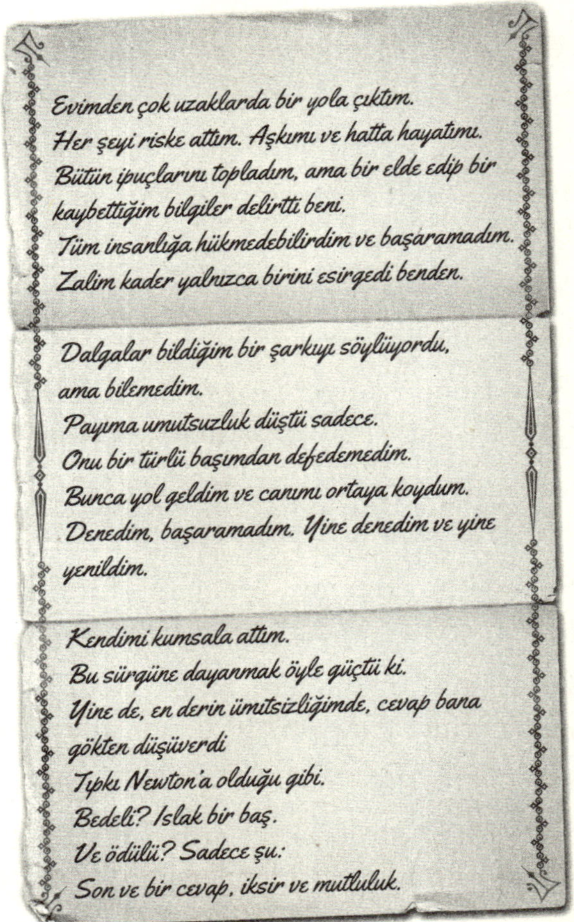

Evimden çok uzaklarda bir yola çıktım.
Her şeyi riske attım. Aşkımı ve hatta hayatımı.
Bütün ipuçlarını topladım, ama bir elde edip bir
kaybettiğim bilgiler delirtti beni.
Tüm insanlığa hükmedebilirdim ve başaramadım.
Zalim kader yalnızca birini esirgedi benden.

Dalgalar bildiğim bir şarkıyı söylüyordu,
ama bilemedim.
Payıma umutsuzluk düştü sadece.
Onu bir türlü başımdan defedemedim.
Bunca yol geldim ve canımı ortaya koydum.
Denedim, başaramadım. Yine denedim ve yine
yenildim.

Kendimi kumsala attım.
Bu sürgüne dayanmak öyle güçtü ki.
Yine de, en derin ümitsizliğimde, cevap bana
gökten düşüverdi
Tıpkı Newton'a olduğu gibi.
Bedeli? Islak bir baş.
Ve ödülü? Sadece şu:
Son ve bir cevap, iksir ve mutluluk.

"Her şey gün gibi ortada," dedi Dan.

"Bütün hayatını geride bırakmış," diye atıldı Amy. "39 İpucu için canını tehlikeye atmış. Cevabı da bulmuş, ama bir tanesi eksikmiş. Bakın ne demiş? *Zalim kader yalnızca birini esirgedi benden.*"

"Yanılıyordu," dedi Alistair. "Henderson'ın elinde otuz sekiz tane ipucu yoktu. Ama yaklaşmıştı. Çok yaklaşmıştı."

"*Dalgalar bildiğim bir şarkıyı söylüyordu, ama bilemedim*, ne demek?"

"Aklını kaçırmış işte," dedi Dan. "Saçmalamış."

"Onca emeği boşa gittiği için üzülüyor," dedi Alistair. "Hedefine bu kadar yakınken ona ulaşamamış. *Kendimi kumsala attım,* derken birden Newton'dan bahsetmeye başlıyor. Yoksa Newton onun çalışmalarıyla ilgili bir keşif mi yapmıştı? Yerçekimi kanununu hepimiz biliyoruz, ama bunun 39 İpucu'yla ne ilgisi var?"

"*Bedeli? Islak bir baş,*" diye okudu Amy. "Burada ne demek istemiş acaba?"

"Galiba yine Newton'un hikâyesine gönderme yapıyor," diye fikir yürüttü Alistair. "Yerçekimini bir ağacın altında otururken kafasına bir elma düştüğünde düşünmüş ya? Henderson da aradığı cevabı birdenbire buluvermiş. Bu kadar yazmış. Bari ne olduğunu da söyleseydi. Belki de aklını kaçırmaya başlamıştı."

"Öyle mi dersin?" diye mırıldandı Dan.

Kâğıt ani bir rüzgârla bir kuşun kanadı gibi çırpındı. Gökyüzünü kurşuni bulutlar kaplamıştı. Palmiye ağaçları başlarını eğdi.

"Fırtına geliyor," dedi Alistair. "Hadi, içeri girelim. Merak etmeyin. Tropik fırtınalar uzun sürmüyor. Hava durulunca size bir motor çağırırım. Akşam yemeğinde otelde olursunuz."

YİRMİ BEŞİNCİ BÖLÜM

Saatler sonra, Dan camları döven yağmuru izliyordu. Palmiye ağaçları rüzgârın hışırtısıyla dans ediyordu sanki. Dan oturduğu yerden kıyıya vuran köpüklü dalgaları görebiliyordu. Güneş çoktan batmıştı. Geceyi burada geçirmek zorunda kalacaklardı.

"Hani tropik fırtınalar kısa sürerdi?" diye homurdandı.

"Nereden bilebilirdim?" dedi Alistair. "Hava durumuna bakmadım ki. Nellie'ye haber verebilseniz, üzülmenize gerek kalmayacak zaten. Telefonum çekmeye başladığında onu arar, burada kalacağınızı söylersiniz."

Adada inşaatı biten tek bir ev vardı ve Alistair

onda kalıyordu. Aslında burası bir tatil köyü olarak planlanmıştı. Ama Ekaterina'lar adayı beğenip kale yapmaya karar vermişti. Araziyi satın almışlar, fakat inşaatı henüz bitirmemişlerdi. Alistair ara sıra buraya gelip bu evde kalıyordu.

Alt kat üç duvarı da camla kaplı, geniş bir odadan oluşuyordu. Kumsaldan döndüklerinde, Alistair sağlam ahşap kepenkleri kapamıştı. Üst kat yaşam alanı olarak tasarlanmıştı. İki yatak odası, bir oturma odası ve küçük bir mutfak vardı.

Akşam yemeğinde, haşlanmış sebze ve pilav yediler. Sağanak dinmişti. Hafif bir yağmur çiseliyordu. Ama rüzgâr hâlâ ara sıra sert esiyordu. Alistair nihayet Nellie'ye ulaşmayı başardı. Hoparlörü açtı.

"Kimsiniz?" diye bağırdı Nellie.

"Benim. Alistair Oh, Bayan Gomez. Dan'le Amy benim yanımda. Sizi onun için..."

Nellie onun sözünü kesti. "Nasıllar? Bir şeyleri yok ya?"

"İyiyiz, Nellie," diye seslendi Amy.

"Neredesiniz, söyleyin. Hemen yanınıza geliyorum."

"Gerek yok. Hava..."

"Umurumda değil. Neredesiniz?"

"Nellie, biz bir adadayız. Burada mahsur kaldık.

Sabah döneceğiz." Amy, Nellie'nin endişesini hissedip üzgün bir sesle ekledi. "Daha önce haber veremedik. Kusura bakma."

"Sanki ilk kez yapıyorsunuz! Bırak şimdi bunları. Bana yerinizi söyleyin. Hemen geliyorum."

"Bayan Gomez," dedi Alistair. "Korkarım, sabahı beklemek zorundasınız. Size çocukları kendim teslim edeceğim. Lütfen, sakin olun."

"Hayır. Yarın ben geleceğim. Nerede bu ada?"

Alistair ona adanın yerini anlattı. Çocukların karınlarını doyurduğunu ve birazdan uyuyacaklarını söyledi. Dan'in evde tatlı olmamasına bozulduğunu da eklemeyi unutmadı. Ancak ondan sonra Nellie biraz rahatladı ve sabah erkenden yanlarına geleceğini söyleyip telefonu kapadı.

"Uzun bir gündü," dedi Alistair. "Artık dinlenmeye çekilsek mi? Merak etmeyin. Bu gece burada güvende olacaksınız."

Birkaç dakika sonra, Amy pamuklu pikesini burnuna kadar çekip keyifle gerindi. Gerçekten de, kendini güvende hissediyordu. Alistair ikisine de temiz tişörtler vermişti. Çocukların balık ve tuzlu deniz suyu kokan kıyafetleriyle yatmasını istememişti. Yağmur ve rüzgâr dinince, camı aralamışlardı. İçeriyi tatlı ve taze bir esinti doldurdu. Amy palmiyelerin hışırtısını dinleyerek uyuyakaldı. Uzaklarda, bir motor usulca denize açıldı. Amy o kadar yorgundu ki, rüya görmeyeceğini umdu.

Amy önce hâlâ dışarıdaki yaprakların fısıltısını duyduğunu sandı. Ses o kadar hafifti. Yatakta döndü ve yine uykuya dalmaya hazırlandı. Akşam yemeğinin dumanlı kokusu havada asılı kalmıştı.

Amy birden doğruldu. Şimdi kokuyu alabiliyordu. Ayışığında, odada süzülen dumanları görebiliyordu.

Panikten donup kalmıştı. Kıpırdayamıyordu. Başka bir zamanda, başka bir gece gözünde canlandı.

Yangın. Amy annesinin elini tutuyordu. Merdivenlerden aşağı inerlerken ağlıyordu. "Çocukları çıkar!" diye bağırdı babası. O raflardan kitapları indiriyordu. Bir şey arıyordu. "Baba!" diye bağırdı Amy. Babası bir an duraksadı. "Hadi, meleğim. Annenle git."

"Hayır!" Annesi onu çekiştirirken hıçkırıklara boğuldu. "Baba! Hayır!"

"Arthur!" diye bağırdı annesi. Ama Amy ve Dan'le birlikte yoluna devam etti.

Ayaklarına değen ıslak çimenler. Duman. Alevler. Üzerine eğilen annesi. Yüzünü avuçlarının arasına alışı. "Yüzüme bak," dedi annesi. Amy kendini zorlayarak dikkatini ona verdi. "Kardeşine göz kulak ol. Seni seviyorum." Amy annesinin arkasından bağırdı. Geri dönmesi için yalvardı. Ama o alevlerin arasına daldı...

Amy kendini anılara öylesine kaptırmıştı ki, öksürmeye başlayana dek bunun bir rüya olmadığını anlayamadı. Ev yanıyordu!

Alistair eşikte belirdi. Amy onun yüzünde oynaşan alevleri gördüğünde irkildi.

O gece Alistair da oradaydı.

Alistair'ın elinde ıslak havlular vardı. Yıllar önce annesinin elindeki ıslak havluları hatırladı. Alistair odanın kapısını kapatıp havluları altına sıkıştırdı. Sonra öksürerek iki büklüm oldu.

Şöminenin yanında duruyordu. Yüzü gölgede kalıyordu. Jilet gibi bir takım elbise giymişti. Açık griydi. Civciv sarısı bir kravat takmıştı. Kibarca öksürdü. "Neden biraz sakinleşmiyorsunuz? Biz yalnızca bize ait olanı almaya geldik."

Dan öksürerek yatakta doğruldu. Kardeşinin sesi Amy'yi kendine getirdi.

Pikeyi üzerinden attı.

Alistair, Dan'in yanına koşup ıslak havlulardan birini yüzüne bastırdı. Kolunu beline atıp Dan'i pencerenin yanına götürdü. Omzunun üzerinden Amy'ye seslendi. "Çabuk ol!"

Amy pencereye yaklaştığında aşağıdan yükselen dumanları gördü. Arkasına baktı. Kapının kenarlarından da dumanlar sızıyordu.

"Pervaz," dedi Alistair.

Pencerenin pervazı genişti. Yan odanın camı gürültüyle patlayınca, Alistair daha fazla oyalanmadı. Pervaza çıkıp Dan'e elini uzattı. "Gel. Rüzgâr dumanları ters yöne sürüklüyor. Burada daha rahat nefes alırsın."

Dan pervaza çıkıp temiz havayı içine çekti. Amy de onları izledi. Sırtına değen duvar sıcaktı.

Aşağı baktı. İnşaat malzemeleri yüzünden atlayacak bir açıklık kalmamıştı. Ortalıkta bu kadar çok sivri cisim varken, sağ kalmaları neredeyse imkânsızdı. Dan hışırtılı nefesler alıp vermeye başlamıştı. Alistair kolunu onun omzuna attı. Bu arada alevlerin gürültüsü etraflarını sardı. Adada yapayalnızlardı.

Onlara yardım edecek kimse yoktu.

"Ben atlayacağım," dedi Alistair. "Belki bir merdiven bulurum."

"Hayır!" diye bağırdı Amy. "Sakın! Yoksa ölürsün."

Alistair usulca gülümseyerek onun yanağını okşadı. "Başka şansımız var mı?"

Sonra hafifçe öne eğilerek dengede durmaya çalıştı. Atlayacak uygun bir yer arıyordu, ama yoktu.

"Dur!" Amy onun koluna yapıştı. "Şuraya bak!"

"Irina," dedi Dan hayretle.

Irina dumanların arasından eve doğru koşuyordu. Elinde uzun, bambu bir çubuk vardı. Üçünün hayret dolu bakışları arasında, çubuğun ucunu yere saplayıp bir uzun atlamacı gibi çatıya sıçradı.

Çatıya indiğinde bir gümbürtü koptu. Amy başını uzatıp yukarı baktı. Irina çubuğu aşağı sarkıttı.

"Teker teker aşağı kayın!" diye seslendi.

Alistair çocuklara baktı. "Ona güvenebilir miyiz?"

Amy, Irina'ya son bir kez göz attı.

"Evet," dedi.

Dan çubuğa kolları ve bacaklarıyla sarılıp aşağı kaydı. Ayakları yere bastığında Amy rahat bir nefes aldı.

"Sıra sende," dedi Alistair.

Amy ellerini çubuğa uzattığı sırada yukarı baktı.

Irina çatıya uzanmış, çubuğu iki eliyle birden sımsıkı tutuyordu. Bir an yüzünü buruşturdu. Amy, Irina'nın bir parmağının şişip kızardığını gördü.

"Dur," dedi Irina. "Önce şunu al."

Elini uzattı. Amy ona uzandı. Ve Grace'in kolyesi avucuna düştü.

"Isabel yine yapacağını yaptı," dedi Irina. "İlkinde çekip gittim. Ama bu kez emeline ulaşamayacak. Buna izin vermeyeceğim. Artık her şey sana ve Dan'e bağlı. Git, hadi!"

Irina'nın sert sesi Amy'yi harekete geçirdi. Bambu çubuğa tutundu. Ellerinin yanmasına aldırmadan aşağı kaydı.

Amy aşağıdan Alistair'a baktı. Yaşlı adam Irina'ya bir selam çakıp çubuğa tutundu. Yarı yola kadar inmişti ki, çubuk tutuştu. Alistair kendini aşağı attı ve yere yuvarlandı.

O sırada, bambu çubuğun tamamını alevler sardı.

"Başka bir sopa bulalım!" diye bağırdı Alistair.

Üçü de koşarak etrafı aramaya başladı. Dan inşaatın ilerisindeki ağaçların arasına daldı. Irina'yı kurtarmak zorundaydılar.

Irina yukarıdan onları izliyordu. Çatı iyice kızmıştı. Üzerinde güçlükle duruyordu. Dört bir yanından dumanlar yükseliyordu. Onu kurtarmak için çırpınan Alistair'a ve çocuklara baktı. Hâlâ umutluydular. Oysa artık çok geçti.

Çatının yarısı kıvılcımlar saçarak çöktü. Alevler tahta kirişleri sardı.

Irina yalnızca birkaç dakikasının kaldığını biliyordu. Olsun. Onu kurtarmıştı. Sevgili oğlunu kurtarmıştı.

Hayır. Nikolai'ı değil. Ama Dan'i. Dan ve Amy'yi.

Düşüncelerini bulandırmamaya çalıştı. Dumanlar gözlerini ve boğazını yakıyordu. Ayakta durmak giderek güçleşiyordu. Ama Irina ayakta kalmak zorundaydı.

Dürüst bir hayat sürmemişti. Ama ölümünün bir anlamı olacaktı. Eski bir KGB ajanı ve bir Cahill'e göre şerefli bir ölüm seçmişti doğrusu.

Bak, hâlâ bir sopa arıyorlar. Beni kurtarmak istiyorlar. Zavallı Alistair. Beni asla sevmedi. Ama bir gece Seul'de ikimiz de gardımızı düşürdük ve bir tas bibimbap'ı paylaştık. Bir tas ve iki kaşık. Kaşığım onunkine her çarptığında, "Bana kur mu yapıyorsun?" diye soruyordu. Sonunda beni güldürmeyi başarmıştı...

Irina birden panikledi. Ölmeye hazır mıydı? Yaşamanın başka yolları da vardı. Onun seçtiğinden farklı hayatlar da vardı. Irina dürüst bir hayatı ucundan kıyısından da olsa tatmıştı. Bir zamanlar, Nikolai vardı. Şimdi hayallerinden vazgeçebilecek miydi?

Cahill çocuklarına baktı. *Umarım onlara söylediklerimi hatırlarlar. Ondan korkun.* Şimdi dünyanın geleceği sizin elinizde.

Çatının geri kalanı da çatırdamaya başladı ve büyük bir gürültüyle yıkıldı. Irina düşerken başını kaldırdı. Gördüğü son şeyin yıldızlar olmasını istemişti.

YİRMİ ALTINCI BÖLÜM

Amy ve Dan ertesi sabah kumsalda oturup durgun denize baktı. Hayatlarının en uzun gecesini geçirmişlerdi. Uyuyamamış ve güneşin doğuşunu izlemişlerdi. Şimdi de kan çanağına dönen gözlerini ufka dikmişlerdi. Beyaz tişörtleri is lekeleriyle kaplıydı. Su içmelerine karşın ağızları kâğıt gibi kupkuruydu.

Nellie birazdan orada olurdu. Polis gelmeden ortadan kaybolmaları önemliydi. Alistair onlara kumsalda beklemelerini tembihlemişti. Evin enkazını görmelerini istemiyordu. Çocuklar da bunu düşünmek istemiyordu zaten.

Alistair dolaşmaya çıkmıştı. Belli ki, yalnız kalmak istemişti. Irina onun düşmanıydı, ama uzun yıllardır tanışıyorlardı. Belki de şimdi onun yasını tutuyordu.

Irina çocukların da düşmanıydı. Ama dün gece hayatlarını kurtarmıştı.

Amy yeşim taşlı ejderha kolyesine dokundu. Neden? Şeytan gibi gördüğü bir kadın onlar için neden kendini feda etmişti?

Dün gece biri Henderson'ın yazdığı notu çalmıştı. Alistair uyanıp da duman kokusu alınca hemen onu aramıştı. Bu işte Isabel'in parmağı olduğundan eminlerdi. Alistair bir motor sesi duymuş, ama hiçbir şey görememişti.

Ertesi sabah, Irina'nın adaya geldiği ufak balıkçı teknesini bulmuşlardı. Onu rıhtımda birilerinden kiralamış olmalıydı.

Geceyle ilgili gerçeklerin çoğu ortadaydı. Emin olamadıkları, duygularıydı.

Amy, Dan'le konuşması gerektiğini biliyordu. Nellie gelmeden ona anlatmalıydı. Dan'in ondan uzaklaşmasına dayanamazdı.

Amy yanılmıştı ve Dan sonuna kadar haklıydı. Dan dün gece o kadar korkmasına rağmen, sakinliğini korumuştu. Amy'nin korkudan donup kaldığı anlarda o yoluna devam etmişti. Birçok bakımdan, Amy'den daha cesurdu.

Dan hayatın bütün dertleriyle baş edebilirdi.

"Annemle babamın öldürüldüğünü sana söylemememin tek bir nedeni var," dedi. "Asla sana güvenmediğim için değil. Ben bir şey hatırladım, Dan. Ve senin bunu öğrenmeni istemedim. Beni suçlamandan çekindim."

Dan ona soru sorarcasına baktı.

"Yangın gecesi... evimize insanlar geldiğinde ben uyanıktım. Aşağıda seslerini duydum. Kapıyı dinledim. Annemle babama nerede olduklarını soruyorlardı. Onlar cevap vermedikçe, daha da üzerlerine gidiyorlardı." Bir an duraksadı. "O kadar korktum ki, dayanamayıp odaya girdim. Bir kadın beni kucağına aldı. Geceliğimdeki ayıcıklardan söz etti. Ben de onların koala olduğunu söyledim. O zaman anladılar tabii."

"Neyi?"

"Annemle babamın Robert Cahill Henderson'ı araştırmak için Avustralya'ya gittiğini. Bir iz bulduklarını tahmin ettiler, çünkü sonra Isabel'in ne söylediğini harfiyen hatırlıyorum. *Cevabımızı aldık işte,* dedi. *Avustralya'ya kadar onun izini sürmüşler. Bu mesele bu akşam hallolmalı.* Evet, aynen böyle dedi."

"Sence Avustralya'dan ne getirdiler? Babamız o gece raflarda ne arıyordu?"

"Evinde yangın çıksa ne yaparsın?" diye sordu Amy.

"Yanıma en değerli şeyimi alırım. Onun için, annem bize koştu. Babam da kitaplığa."

"Belki biri ne yapacaklarını görmek için yangın çıkardı. Ama işler ters gitti. Annemle babamın Avustralya'da olduğunu söylemeseydim bütün bunlar olmayacaktı." Amy yüzünü avuçlarına gömdü ve ağlamaya başladı. Bir an ona sonsuza dek ağlayabilecekmiş gibi geldi. Kederi ve vicdan azabı o kadar derindi ki, bununla nasıl yaşayacağını bilmiyordu.

Ama Dan hiç beklemediği bir tepki verdi. "Saçmalama," diye bağırdı.

Amy kafasını kaldırdı. "Ne?"

"Şimdi sen annemle babamın pijamandaki koalalar yüzünden öldüğünü söylüyorsun, öyle mi?"

"Ben..."

"Hayatımda duyduğum en aptalca düşünce. Annemizle babamız evimizde bir yangın çıktığı için öldü. O kibriti sen çakmadın. Bunu sevgili akrabalarımızdan biri yaptı. Sihirli kelimeyi söyleyip her şeyi değiştirdiğini mi sanıyorsun? Cahill'lerden söz ediyoruz, Amy. Sen ne söylersen söyle akıllarına koydukların yapacaklardı."

Dan'in kararlı sesi Amy'nin bütün endişelerini alıp götürdü. Dan onu teselli etmeye kalkışsa, yine kontrolünü kaybedebilirdi. Kardeşinin solgun yüzüne baktı. Dan yorgun ve üzgün görünüyordu. Ama bir o kadar da içtendi.

"Bütün ablalar bu kadar tuhaf mıdır acaba?"

Amy ona sarılmak istedi, ama bunun Dan'i ürküteceğini biliyordu. Onun yerine kendi dizlerine sarıldı. Utancı azalmıştı. Dan olaylara daha tarafsız bakabiliyordu. Kardeşi onu suçlamıyorsa, belki de sandığı kadar yanlış bir şey yapmamıştı. Dan'le konuşmuştu işte. Geçmişi hatırlamış ve yıkılmamıştı.

Aksine şimdi daha güçlüydü.

"Irina tünelde bir şey söyledi," dedi. "Annemin neden eve geri döndüğünü sordu. Bunu sadece babam için yapar mıydı diye sordu. Çocuklarından daha önemli ne olabilirdi?"

"Dünyanın geleceği mi?" diye dalga geçti Dan.

Ama Amy'nin yeşil gözlerindeki ciddi ifadeyi görünce gülümsemesi soldu.

"Dünyanın geleceği," diye tekrarladı Amy.

Bir an ikisi de konuşmadı. Ufuktaki pembeliğe

ve denizin mavisine baktılar. Şu kocaman dünyanın kaderi onların elinde miydi yani? Böyle düşününce imkânsız gibi geliyordu.

"Ben ne aradıklarını biliyorum galiba," dedi Dan. "Henderson'ın notunu."

"Alistair onu çaldı. Şimdi anlıyorum. Dün gece onu şöminenin başında dikilirken gördüğümde birden hatırladım. Herkes bana bakarken, o kitaplara bakıyordu."

"Çünkü notu onların arasına saklamışlardı."

"Annemizle babamız onun sayesinde ipuçlarının çoğuna ulaşabileceklerini düşündü," dedi Amy. "Onu korumak için kendilerini feda ettiler."

"Alistair o gece oradaysa, yangını planlayanlardan biri olabilir."

"Hayır!"

"Neden?" diye sordu Dan. "Dün ne söylediğini unutma. Böyle bir tehlike karşısında bazen acımasız olmak gerekebilir," dedi.

"Uf. Keşke o notun anlamını çözebilseydik. Cevap gökten düşüverseydi. Tıpkı dün gece yağan yağmur gibi…"

Dan birden kaşlarını çattı ve denize bakıp gülmeye başladı.

"Ne oluyor? Çıldırdın mı?"

Dan ayağa fırlayıp zıplamaya başladı. "Edebiyat öğretmenimiz, Bayan Malarkey'nin kulakları çınlasın. *Çocuklar*, derdi, *süslü kelimeler sizi ürkütmesin. Önemli olan altlarındaki anlamı kavramak.*"

"Eee?" diye sordu Amy.

"O notta ne yazıyordu? Adam bütün ümitleri tükenmişken kumsala gitmiş ve ne olmuş? Yağmur başlamış tabii. Gökten düşen cevap ve ıslak bir baş."

"O kadarını anladık zaten."

"Dalgalarla ilgili şu sözü. Bildiği bir şarkıyı söylemeleri. Henderson neden bahsediyordu dersin?" Amy ona boş boş bakınca Dan patladı. "Su tabii, şapşal!"

"İpucu su mu yani? Bu kadar kolay mı?"

"Henderson hem mutluydu hem de kendine kızıyordu. Evet, cevap bu kadar basitti."

Amy kaşlarını çattı. "Alistair'a söylemeye söz verdik."

"Yangın gecesi bizim evdeydi ve ailemizin katili olma olasılığı var. Anlaşma bozuldu, Amy. Ona tek kelime etmeyeceğiz."

"Ama bizi kurtarmak için az kalsın camdan atlayacaktı."

"Ve de kendini kurtarmak için," dedi Dan. "Yangın gecesi neler olduğunu öğrenmeden hiçbir şeyden emin olamayız."

Amy, Alistair'ın onlara doğru geldiğini görünce Dan'i susturdu. Alistair'ın ipek pijaması lekelenmiş, kafasının tepesindeki kır saçlar dikilmişti.

Yüzünü güneşe döndü. "Ne güzel bir gün," dedi. "Hâlâ hayatta olduğumuz için şanslıyız."

Pembe pijaması ve pamuk şekerini andıran saçlarıyla hem komik hem de üzgün görünüyordu. Alistair bir katil olabilir miydi? Ama Dan haklıydı. İpucunu onunla paylaşamazlardı.

Bir motor sesi duydular. Bir tekne yaklaşıyordu. Biri onlara çılgınca el salladı. Nellie'ydi.

Alistair da el salladı ve kıyıya doğru yürüdü.

Pijamasının ıslanmasına aldırmadan dizlerine kadar suya girdi. Sevdikleri, ama bir türlü güvenemedikleri yaşlı adam yine sevdikleri, ama güvenemedikleri bakıcılarını gülerek karşıladı.

"İşler karışıyor," dedi Dan.

"Keşke o gece başka kimlerin olduğunu hatırlayabilseydim," dedi Amy. "Belki sonra aklıma gelir."

Dan kaşlarını çattı. "Bunu öğrenmek zorundayız. Yangını Isabel çıkardı, ama suç ortakları kimdi?"

"Ya sonra?" diye sordu Amy. "Polisi mi arayacağız?" Sinirli bir kahkaha attı.

"Bilmiyorum," dedi Dan. "Ama bu yaptıklarının cezasını çekecekler."

"İntikam… Tam da Cahill'lere göre."

"İntikam değil, adalet."

Birbirlerine baktılar. Amy anne ve babasını ilk kez bu kadar yakınında hissetti. Irina'nın hayaleti kulağına fısıldadı: Şimdi her şey senin elinde.

Dan'le barışmışlardı. Aralarında hiçbir sır kalmamıştı. Bir daha da ondan sır saklamayacaktı. Dan'in ona yeniden güvenmeye başladığını gözlerinden okuyabiliyordu.

İki kardeş, o tropik kumsalda, Irina'nın son çığlığı kulaklarında çınlarken, birbirlerine hiç konuşmadan bir söz verdiler. Anne ve babalarının katillerini bulmadan durmayacaklardı.

39 İpucu avına Grace'in hatırına dahil olmuşlardı. Şimdi yarışı Arthur ve Hope için kazanacaklardı.

"Adalet," dedi Amy.